骆马湖

1958年移民笔记

姚大伟 著

山西出版传媒集团　北岳文艺出版社

·太原·

图书在版编目（CIP）数据

骆马湖：1958 年移民笔记 / 姚大伟著 . — 太原：北岳文艺出版社，2024.1
ISBN 978-7-5378-6812-9

Ⅰ.①骆… Ⅱ.①姚… Ⅲ.①回忆录-作品集-中国-当代 Ⅳ.① I251

中国国家版本馆 CIP 数据核字 (2024) 第 007612 号

骆马湖：1958 年移民笔记

姚大伟◎著

出品人
郭文礼

选题策划
刘文飞

责任编辑
左树涛

装帧设计
张永文

封面摄影
石耀臣

印装监制
郭　勇

出版发行：山西出版传媒集团·北岳文艺出版社
地址：山西省太原市并州南路 57 号　邮编：030012
电话：0351-5628696（发行部）　0351-5628688（总编室）
传真：0351-5628680
经销商：新华书店
印刷装订：山西新华印业有限公司

开本：880mm×1230mm　1/32
字数：176 千字
印张：7.25
版次：2024 年 1 月　第 1 版
印次：2024 年 1 月　山西第 1 次印刷
书号：ISBN 978-7-5378-6812-9
定价：49.80 元

本书版权为本社独家所有，未经本社同意不得转载、摘编或复制

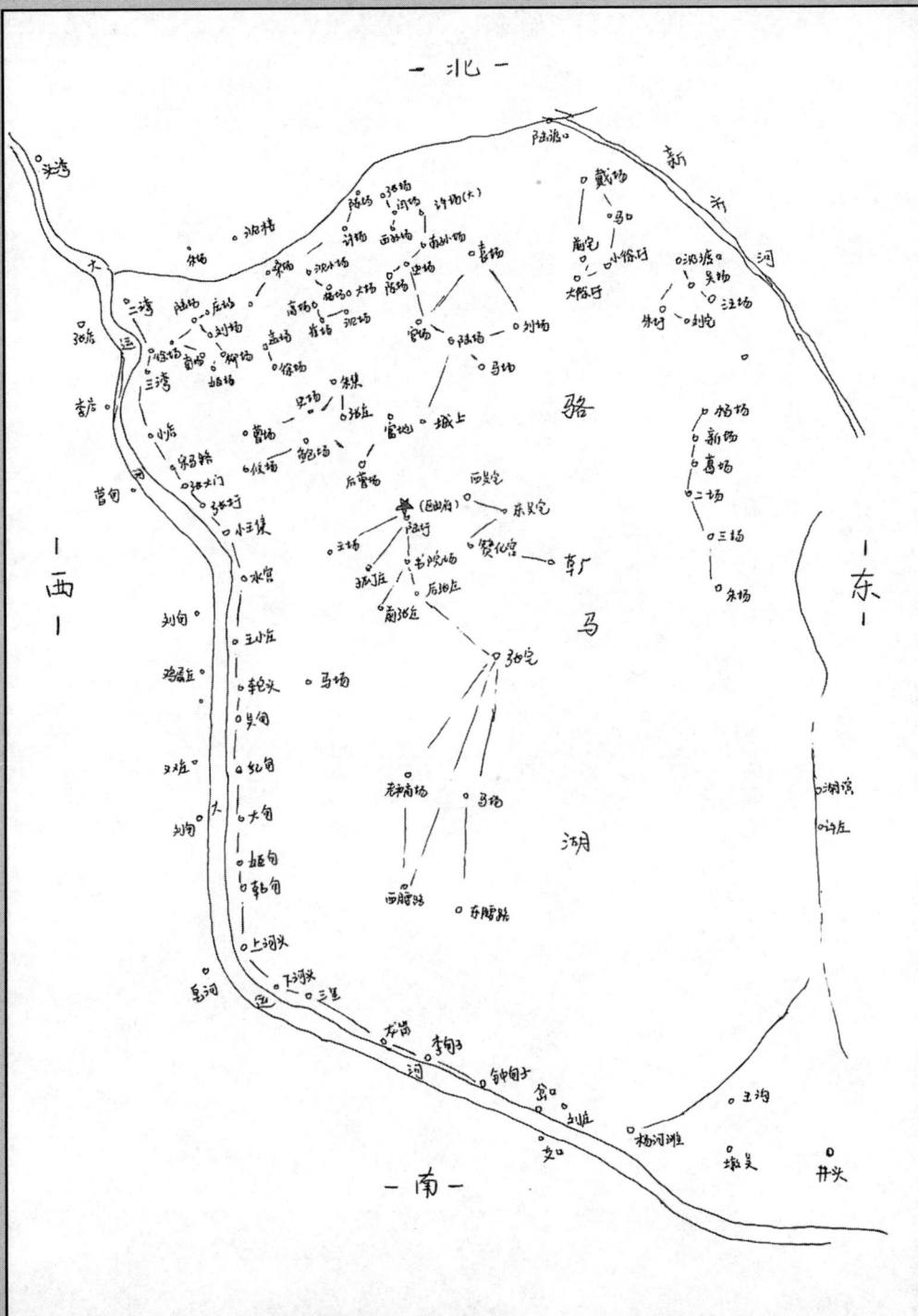

1958年，骆马湖湖内村庄分布图（作者依据张洁手稿手绘）

目　录

第一章　在 2019 年 ················001

第二章　在 1958 年 ················045

第三章　在杨河滩 ·················075

第四章　在运东片区 ············099

第五章　在运西片区 ············141

第六章　在路上 ····················179

第七章　在骆马湖边 ············207

后　记 ····································221

第一章　在 2019 年

  骆马湖建成临时滞洪水库以后，对滞蓄调节沂、沭、泗洪水，发挥一定的作用；但经 1957 年较大洪水的考验，明显地反映出皂河控制线防洪能力太低，与上游洪水来量极不适应……为抗御更大洪水，需要重建一条宿迁控制线。同时徐淮地区规划大面积改种水稻，需要开发水源。因此，江苏省水利厅和治淮委员会设计院提出规划方案，1958 年初，经国家水利部批准，将骆马湖开辟为防洪灌溉综合利用的常年蓄水水库……骆马湖建成常年水库，1958 年汛后开始蓄水，蓄水位 21 米。老湖区原有居民迁出安置，其中宿迁境有 4.51 万人，连宿迁控制线在内居民共 5.47 万人，迁到来龙灌区安家落户。

——《宿迁市志》

名　单

2019年5月，在结束了两个月的资料搜集，即将下乡采访的时候，我给自己整理了一份名单：

骆马湖移民安置委员会主任姚耿荣、陆圩乡书记吕增玉、陆圩乡乡长马玉良、陆圩乡副乡长杨凤早、陆圩乡公安助理井明扬、陆圩乡文教助理张新元、陆圩乡民政助理张以让、陆圩乡团委书记张明环、陆圩乡妇联主任井凤春。

1958年至今已经六十一年。一个人的一生，经历了六十一年的风雨，骨头恐怕已经枯朽，记忆也都已经模糊不清。时间不等人，人也等不起时间，我告诉自己得尽快找到他们。

在他们口述时，我愿意放弃我所有的观点、判断，放弃钟爱的阿列克谢耶维奇式的书写，只求把录音机中的声音，整理成文字，述而不作。

我开始一遍一遍走向移民村庄，打听这些人的下落，开始一遍一遍地对着受访的人说出名单上的名字。

在移民的屋檐下，我接过他们的茶水，把笔一次一次递过去，恳请他们为我写下这些人的地址和手机号码。

我的茶杯总是满的，我们也总有话题聊，亲切、温暖。我总在重复中确认一些人名和地名的联系，确认一些时间的开始和结束。

一件事从开始到结束的细节，多如牛毛，一如堆在一个人一生中的事那样多。我突然倍感压力，担心自己可能无法完整地还原一件事情的全貌。

　　记得，有一段时间，在和他们聊天的时候，我总是不自觉地低头看向自己的掌心——这是一个提示，还是一个隐喻？它想让我知道，我根本无法抓住一束完整的阳光。我能握住的只有这些或短或长，或曲或直，或藏或显，或平顺或纠缠的细纹。

　　关于这些人的下落，我总是饱含希望地等待。但，他们只为我留下了七个"×"，一个"√"和一个"？"。简单的符号，直接而粗暴地告诉我：这份名单中的九个人，有七个已不在人世。

　　他们已经故去。

　　他们已经转身，并带走所有故事。

　　据说刚走的一个，是六个月前。他活了很大年纪，皮肤像一条罩在身体上的皱巴巴的口袋。临终前的每一天，他在这熟悉又陌生的村庄里游荡，拖着病体，喋喋不休。

　　他留在墙角的椅子，整日空着，无人到来。他对着蓝天、黄土和远方，倾诉着肚子里那些无人问津又无比珍贵的故事。

　　他疲倦。

　　他孤独。

　　他在人生的最后日子里，抱着过去的事情取暖，紧紧不放。

　　他们，一个村子里和他一起老去的人，都去送了他最后一程。

　　他们告诉我，他的离去对这个村庄而言是件大事。因为，他带走了一个时代的秘密。他把这个村庄的人从骆马湖带出来，并领到这里。他知道移民的来龙去脉。

　　他把人们带到这里，安家落户，落地生根。现在他走了，把衰老的众人丢在了身后，把一段段空白留给人间。

　　他在这里还有亲人。他在这里开了花，结了果，但他的根并不在这里。

他的子孙还可以访问。

可关于他本人的事,关于那场移民,却只有他本人清楚。因为他最大的孩子还没到六十五岁,当年出来的时候尚不记事。

我们无法从花朵和果实的甜美里寻到根茎的故事。那些藏在根茎里的秘密一旦枯萎,便关闭了连接人间和大地的所有密道。

另外两个呢?

我指着另外两个标了不一样符号的名字问。

他们看出了我的失落,但依旧用同样的语气说,这两个,一个今年夏天不慎摔倒住院,生死未卜。至于他的地址,只知道是一个久无人住的乡下住所,贸然去了也无益。

他在城里的地址,不知道。可以肯定的是一定在城市的某个角落。他没有外省外市的亲戚,不会到别处。十几年,拆迁,买房,再换房,地址一换再换,人在不停地迁移……

他的去向不明。

另一个,打了问号的名字。他们说,这一定是笔误,把名字抄错了。因为在他们共同的记忆里查无此人。

他们无能为力。

也就是说,这些费尽心思写下来的名字,并不是一扇扇可以开合、允许叩问的门窗,而是一堵堵拒绝一切的墙。

一堵堵墙就在我面前,前面的光线,或许也已遮挡干净。

还有没有另外一些人?我急于抓住一根稻草。

时间在我和1958年之间,挖了一条宽阔的长河。我只有通过一些人才能抵达彼岸。

那个错误的名字,谁能为我更正?

我不怕麻烦,已经准备了两个月,有足够的心理准备。我可以绕个弯,从他们嘴里的另外一个人或者几个人找到他。

只要他还活着，那么挡在我面前的这堵墙，就只是一张薄薄的纸片。我可以透过一扇窗，或者一个砖孔，看到墙外的整个世界，无论墙体现在看来多么牢固，多么不可撼动。

我需要更多人的名字。

我可以从另一份名单或者另一个名字重新开始。

谁来告诉我？

姓 名

2020年，蔡鸿学91岁，作《思乡记》一篇，我讨来做了纪念。文章共18页，8000字，细笔正楷，工工整整地写在大八开，18厘米×25厘米的绿格作文纸上。

文章动情处，厚重如诗：

> 魂牵梦绕、广阔美丽的我（的）可爱家乡骆马湖，它长期珍藏在我心中，铭记不忘。我出生成长在湖区，对它的一草一木、每一寸热土（有着）刻骨铭心的热爱，怀有深厚的特殊情感……

2019年到2021年的三年间，我一共登门拜访蔡老六次，电话叨扰十余次。每一次下乡采访遇到问题，都第一时间请他帮我解惑答疑。

我总是前一天早上或者晚上到他那里去，备好纸笔，开门见山，他说，我记。然后当天下午或者第二天采访求证。

骆马湖移民认识他。他为我留住了很多赶路人的脚步，也消除了很多不必要的猜疑。

一个游走在乡间的陌生人是可疑的。当一扇门被叩响的同时，敲门人身后的一些人也会追踪而来。

孤零零地站在人家的屋檐下，对每一个人重复地说出自己的来意，交出自己的诚意，会花去很多宝贵的时间。但重复是必要的，或者说是必需的，虽然有时候会适得其反，甚至加深了他人的怀疑。

让一个陌生人在短时间里信任你，是一件很难的事情。这跟诚意无关，跟重复多少遍无关。

一次真正的采访，不在开门之后，而在建立信任之后。门开了，也可以关上。进了一道门，也会被挡在另一道门前。

那些欲言又止的表情、顾左右而言他的神态，还有无意间夹杂的试探，刨根问底，常常会强行终止一次访问。

当停顿的间隙拉长，氛围已经让你明白：虽然你已在他家里，坐在了他对面，却离他依然很遥远。

对每一个打开门的人，说出他的名字，是后来的事。

那时候我费尽周折，辗转一个星期才找到他，如获珍宝——

他是移民。

他年逾 90 岁。

他口齿清晰、思维敏捷。

他在移民中很有威信，1958 年 7 月曾参与了移民的动员。

在 1958 年骆马湖移民之前，他还做过湖区的领导——区团委副书记。

他曾长期工作和生活在湖区，在中华人民共和国成立后清丈过骆马湖的土地，登记过骆马湖的人口。他参与了骆马湖的"土改"，亲历了骆马湖从临时水库到长久水库的每一件水利大事。他对骆马湖各个行政小乡极为熟络，手绘了一份骆马湖地图。他近些年一直在关注和研究骆马湖移民。他熟知骆马湖的掌故。他

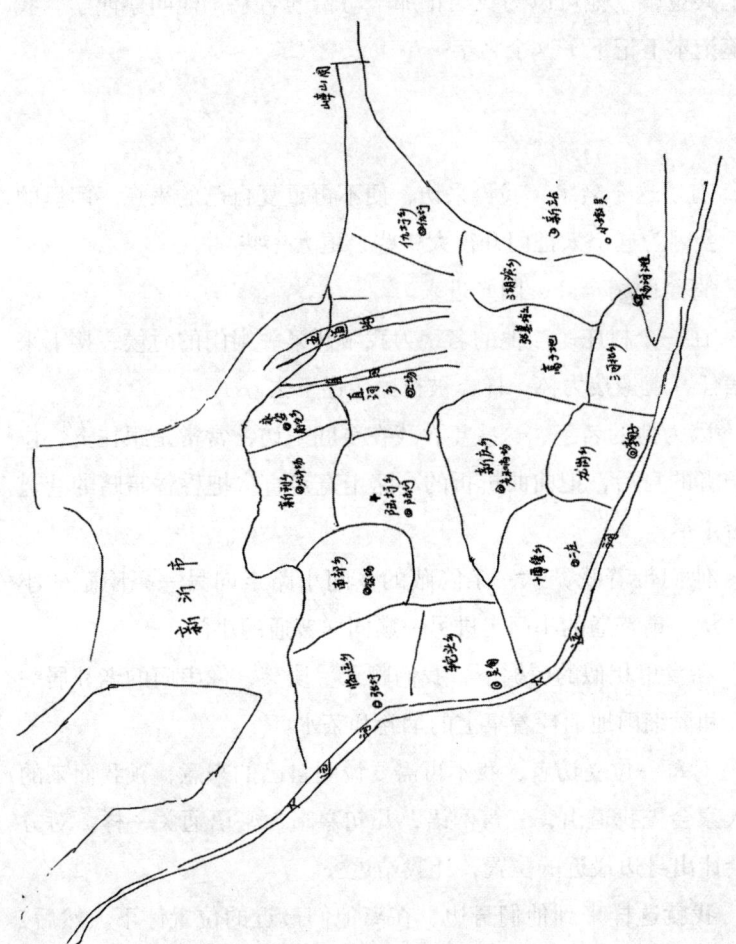

1958年，骆马湖各乡分布图（作者依据蔡鸿学手搞手绘）

参与编撰《骆马湖记忆》。他一直在撰写关于骆马湖的文章，涉及骆马湖历史沿革、农业生产、医疗卫生、民众教育，甚至民谣、顺口溜、口头禅。他对我第一份名单中的所有人都熟悉，且半数以上共过事。他可以为我纠正那个写错的名字，他叫蔡鸿学。我在笔记本上记下了这个名字……

有了这个名字，我再采访，便不再重复自己的来意。门里的人，会因为这个人把门开得大一些，更大一些。

直至两扇全开，阳光进来。

在一个村庄，当他的名字为我敲开第一扇门的时候，接下来的信任，就像接力棒一样，被村民传递下去。

因为他的名字，这些年，我在乡间采访，常常是跟在上一位受访者的身后，把曲曲折折的小路走宽走直，把昏昏暗暗的巷道走穷走尽。

他们带着我，从一条隐蔽的乡间小路走向另一条隐蔽的小路，从一扇普通的小门走进另一扇同样普通的小门。

在乡里相似的屋檐下，我们聊天，谈笑，像串门的老邻居一样，和风细雨地消耗着桌上的烟卷和茶水。

对每一位受访者，我不再需要说明自己的来意，领我而来的老人家会先我道出，三言两语，几句寒暄，密语通关一样。对方便会让出身边最近的位置，让我站过去。

我就这样来到他们身边，在离他们最近的位置停下。然后，他们把属于自己的故事一点一点交给我。

蔡鸿学，这个名字成了一把别在我腰里的钥匙，可以用它顺利地打开受访者的心扉，并拿走里面已经尘封六十年的往事。

每个为我留下故事的人，我都恭恭敬敬记在了笔记本上。

他们原本分散在宿迁市不同村庄的角落里,现在被我一点一点聚集起来,和蔡鸿学的名字一起,挤挤挨挨,彼此守望。

他们不再孤孤单单,不再看起来毫无关联——

王振林	吴胜云	景延扬	蔡鸿章	高喜年
孙成理	魏贤胜	袁劲松	吴绪桥	刘纪荣
高维华	孙成彬	钱宜香	王保付	马贤平
朱彩霞	赵淑贞	唐文友	吴光荣	陆荣清
陈立贵	张金斗	陈家章	张艳扬	张汉祥
李福德	仇兴传	张汉帮	卢方松	赵花荣
丁骆英	王邦兴	葛传萍	马惠兰	袁汉杰
罗恩栋	罗恩振	张广州	刘文汉	李延彬
徐昌俊	汪明祥	郑成志	王凤兰	谭梅英
王庆章	朱长太	朱四华	夏现金	沈西兰
周纪荣	王世群	葛一华	杨忠启	刘秀英
王兆良	钱宜文	孙继勋	王维成	韩纪先
刘贵芳	洪春美	祁贵章	吴春涵	袁顺之
高笑兰	李宝堂	牛文启	王通翠	陆敬宝
陆敬武	刘香林	陆敬荣	孙光银	宋侠英
赵玉宝	韩美英	郭北侠	戴安平	郭 英
王万忠	徐以林	吴应同	袁杰之	张玉龙
陈慧军	宋振英	季怀青		

这只是我 2019 年记下的名字,三年间我一共记了 500 多个人的名字。一些人已经把名字丢下,和我第一份名单中背负"×"号的七个人一样,转身走了。

唯一不同的是,他们在转身之前,把自己的故事留给了我。

地 名

  我在每一个姓名后面都标注了两个地名。如，王振林（陆圩—来龙太平）、仇兴传（仇圩—新庄太和平）、丁骆英（孤丁庄—保安永胜）、陈家章（九龙庙—双庄石篓）、夏现金（三场—曹集三河）、王万忠（张宅—陆集大寺）等等。括号里的两个地名，前一个是祖先留给他们的生养之地，后一个是他们在这里留给子孙的安居之地。一个地名告诉我他们从哪里来，另一个地名告诉我他们到了哪里去。他们把祖先安放在来处，把子孙安顿在此地。他们的姓名和自己的来处与去处紧密相连。他们属于来处，也属于此地。

  对他们而言，这些空洞的地名，每一个都曾散发着烟火气息，每一个都曾是他人的故乡。

  隐藏在这些人身后的地名，同样被我一个一个聚集起来。

  我常常对着这些地名发呆，想象着一个地名连着另一个地名，就像一颗星连着另一颗星，然后点成了线，线成了面，面成了图。

  我想象着图案中的明暗阴阳，万物生长，鸡犬相闻，炊烟袅袅，屋舍俨然。

  我想象着屋舍俨然中的前村后店，想象着前村后店中的集镇街道，想象着集镇街道中的世俗镜像，想象着世俗镜像中的行路，贩柴，问价，吆喝，谈笑，招呼，请客，赴约……想象着《东京梦华录》："集四方之珍奇，皆归市易；会寰区之异味，悉在庖厨。"

  我想象着人聚时如水汹涌澎湃，人散时亦如水退，流向八方四面。

  我想象着顺着他们的足迹，寻找到他们的来处，一如细流退潮的走向。我把他们的来处，把纸上这些汇聚无章的地名一个一个安放——

　　陆圩：陆圩是区公署所在。有大集市。地理上也是南北中心，南下皂河，北上南涧各16里路。陆圩集，北边是宽敞的土墩子，中间是开阔的集镇，南边口子渐渐紧缩，如倒立的洋酒瓶子，瓶颈处200米外，另有一个南场，也叫南集。陆圩，先是南集逢集，后来渐渐顺着瓶颈向瓶肚转移。从南集到了陆圩集。陆圩正中是区政府。区政府东边是小学。西边是粮管所。正前有空地，空地两侧是延展出去的房屋，有饭店，有染坊，有供销社，有茶食店，有旅社。集上的旅社分两种，一种是大车店，拉马车出苦力的人住的，所以叫大车店，价格便宜。这家店的店主叫苗俊才。另一家的店主叫王怀良。王怀良的正西是理发店，店主是尹玉龙。街上人能记住的还有朱四明、韩学士、魏单楼、陆庆浴、王宝升……（吴胜云）

　　城上：在陆圩北3里许。附近有曹场、官场、陆场、刘场、马场。城上，面积12亩半多一点，140户人家，500人差一点。陆是大姓。陆家原是三大家，陆先槐、陆先庆、陆先姓。其他的杂姓，有姓马的、姓谢的、姓商的、姓王的、姓牛的、姓吴的等等。城上宅西，还有姓镐的，叫镐先启，就一家，宅子叫镐场。再西，还有姓史的，史树青三兄弟和他小爷一起，一共四家，宅子叫史场。中华人民共和国成立前，城上人大多数种地主与老和尚的地，地主两个，一家36顷，另一家 24 顷，老和尚 18 顷。少数人种自己的地。我跟三老太两家一处宅子，5 间南屋，5 间堂屋，4 间过道，4 间西屋。宅子有两亩。我那宅子，北边做场，西头还有小汪。堂屋的房梁都是楠木的。（吴家梁）

前张庄：在陆圩南 3 里许。附近有孤丁庄、后张庄、书院场、小中场、南云寺。前张庄，8 亩左右的面积，40 户。庄子共计两排半。第一排空一个宅子，住张希红、姜长治、姜长叶；宅西，住张孝文、赵厚意、赵厚聪、赵厚文；宅东是张家祥、张家德、王为贵、王学谦、王学梁。第二排从最东一家开始数：张家莹、张家楼、王华义，来到一个巷口，住赵厚华、赵玉花。西头住赖志超、赖志清、赖志平三家，沈桂洲、沈桂贤、沈桂营三家，还有姓陈的四家……前张庄没有出名的人物，多少年出了个大学生，却回村记账，名字不说了，姓田。（张家山）

东吴宅：在陆圩东 3 里许。附近有赞化宫、草场、吴宅。因为在吴宅东面，所以叫东吴宅。宅上没有姓吴的，都是杂姓，姓陆、姓杨、姓李、姓蒋、姓谢、姓尹、姓刘，还有姓王的、姓黄的。其中黄姓人数最多，占三分之一左右。中华人民共和国成立前，我们种的是老和尚的地，还有人种窑湾臧举人家的地、皂河陈茂纪家的地。晚一辈的人知道吴宅子有庙，东吴宅没有。其实，东吴宅老早以前也有，是个老和尚庙。我就住在老和尚庙的西边。庙里面有个帮闲的人，叫王成新，给老和尚打工。老和尚是徐州云龙山的，很有本事，

我们叫他程师傅。（王琪风）

老和场：在陆圩集南6里许，前张庄南3里。附近有陆场、小姚场、季福康场、马场、冯场。老和场四周，有圩沟，5米宽。圩沟之上有一条路可进出老和场。此路在场南，远离人家。其地形，东西宽南北窄。和尚庙在场中间位置。住户在中华人民共和国成立前给和尚种地，规规矩矩在和尚庙东西两边安家。所以分两部分，庙东和庙西。和尚管场有法，庙东庙西井然有序，各大三排。庙西三排，第一排由东向西依次是：贺家、周家、姚家、汪家2户、杨家、沈家、姜家……共十几家；第二排：魏家2户、陈家、张家、王家2户、郭家3户……共十几户；第三排：王家、高家、杨家2户、陈家。庙东三排，第一排由西向东依次是：杨家5户、陈家2户、张家3户、李家、孙家、张家；第二排：王家（在庙宅子上）、陈家2户、索家、武家、王家2户、孙家、王家、戴家、王家；第三排，记不清了，忘了。庙拆了之后，刘家住在了庙当央。（贺恒生）

三场：东吴宅再东去八九里路是三场。附近有二场、葛场、新场、杨场。以陆圩为横坐标，三场是湖区最东面的庄子，也是湖里人口最多、面积最大的一个庄子。庄子房屋稠密，腔连着腔，没有空闲的地方。但稠密归稠密，也井然有序。中心的位置是老三场人住，外围是马家沟（分沟南场、沟北场）、小刘场、大闫场、小闫场、冒冒场、杨胡场、小朱场。他们是1953年前后搬到三场的，原先住的宅子高度不够，每年七八月骆马湖上水之后，宅子就被淹没。在老三场，周家是大户。在马沟子，高、周两家人数多些，分别是高学年、高贵年、高金年；周维山、周维栋、周维刚、周继合、周继学。另外还有刘昭镇、刘昭友、郭继高、郭继全、王成刚、王成松。小刘场，有刘俊和弟兄几个。杨胡场有郑玉珍、郑玉清、郑玉彪兄弟三个，还有杨凤山、杨凤云、高笑超、高笑彩、杨凤北。大闫场有杨凤友、黄永昌、杨凤珠、杨凤武。小闫场有李氏和姓黄的一家。小朱场就一家——许文典家，住在小墓墩上面。（杨中启）

袁场：在陆圩北9里，城上北9里许。附近有刘场、许场、南孙场、西孙场、闫场、陈场、史场。袁场，一条巷子分成东西。在袁场东，袁姓是大姓；在袁场西，孙姓是大姓。宅子是袁姓人家垫的，所以叫袁场。袁家和孙家联姻，所以也是一家。袁家有袁光耀兄弟两个。孙家为孙习言兄弟三人。其他的人家都是小户，租种袁家和孙家的土地。袁场有圩沟，有炮楼。圩沟东南西北四方，皆有土塘。此为场内人家盖屋取土时留下，天下雨，为水塘；天晴，为土塘。此外场上多植柳树。柳树耐水。（袁宝民）

西腰路：在陆圩南9里，老和场南3里，附近有东腰路。西腰路是湖内以陆圩为纵坐标，最南面的庄子，有60多户人家。两条南北大路把庄子分成三段。最东边一段，有一村庄是东北向的，叫小北庄，有十户人家。小北庄正北有一个大汪塘，一排人家，自南向北是姓徐的、姓张的、姓蒋的、姓杨的、姓张的、姓臧的。小北庄西也有一排人家居住，其中11户姓井，1户姓赵，1户姓马。在他们正北，还有一排，一共8户，都姓杜。杜家再北是一个弯子，住的是杂姓，姓马，姓吴，姓赵，姓朱，姓张。他们再西，便是大路。这条大路是官道，一直通向骆马湖里面。路西是西腰路的中段。他在两条路中间。其中最北段有3户人家，商、张、蔡。3户人家往下来，是一口吃水井，庄上人吃水，都到这里来挑。井南第一家姓张，是个土匪，跟骆马湖谢傻子一伙。再南去姓陈的1户、姓马的1户、姓张的1户、姓王的3户、姓孙的5户、姓席的2户、姓张的1户、姓戴的1户、姓孙的1户。孙姓人家的东南方向，还有一溜，姓杨的、姓李的、姓席的、姓孙的。姓杨的是从骆马湖里搬来此地的。这一溜再西便是第二条大路，这条路南到龙岗，北到陆圩。路东是第三段，从南到北依次住的是姓刘的、姓高的、姓卢的、姓周的、姓蔡的3户、姓杨的。西腰路出干部，光做公社书记的就4个，做乡长的两个。（蔡鸿学）

在我的印象中，每个人都执着地想回家，撇下身后的繁华或冷清。每个人的身上都背着一个属于自己的地名。

故乡是祖先留下的。她指引着人们，义无反顾地回乡，回到他们的出生地。

最后啊，就像年少时的一天，平凡而平庸的一天，他们在太阳下山之前，回到了故乡。

每一个人，都再次走到了乡人的中间，如鸟儿回到了树林。

地　图

当他们把一张张地图交给我时，我答应他们要拼接一张完整的骆马湖地图。在这份地图上，每一个村庄的大小不是按照比例尺呈现，而是按照村庄的原始位置把他们绘制的那些形状不同、大小不同的纸片一一摆放拼接，如容量不一的酒器被摆放在了客厅的酒柜之中。

这是一个不算小的工程，百余座村庄，百余张图片。我自己脑海里得有一张骆马湖的全景图，要对骆马湖上百个村庄的位置极为熟稔。

我得知道村与村的边界，乡与乡的连接点。我得知道湖中老运河的走势，湖内其他几个小湖泊的地理位置。

我得知道几条官道的走向，得知道湖中无人居住的蒿子地在哪里，得知道尚未开荒的区域还有哪些。

我甚至还得知道骆马湖各个村庄的历史沿革、风土人情、庙宇建筑……

这些对我而言都是必需的知识储备。因为我拼接的是有数万移民的骆马湖，是数万移民的故乡。他们曾生活在这张地图上，鸡犬相闻，相互守望。

我曾寻得三份骆马湖地图，两份手绘，一份官方出版物。两份手绘地图，满纸温情，地图上的每一个地名都工工整整，相互关联。每一次看到它们，都仿佛看到一个自己和自己下棋的围棋手。

我能想象得出，那个背井离乡的人，对藏在心里的每一个去处，都会反复斟酌，反复确定。

一个没有故乡的人，他曾长久地面对一张白纸，生活在自己的记忆中，沉浸在自己的记忆中。

他自己便是故乡。

这两份手绘地图的作者：一个是蔡鸿学，另一个是张洁。

蔡老的地图以乡为行政单位，把宿迁地区的骆马湖分割成14块——

永安乡：包括马口、沈渡口、吴场、戴场、朱圩子、前宅子、老和场、汪场等地，设戴场、前宅子、朱圩3个村；乡署前宅子。

新利乡：包括大许场、袁场、孙场、刘场、马场等地，设太平、快乐两个村，乡署大许场。

南郊乡：包括陆场、庄场、曹场、王场、侯场、徐场、朱集、对面张、史场、小官地等地，设对面张、徐场、沟西、侯场4个村，乡署徐场。

临运乡：包括三湾、宋马路、姜房、张圩、小王集、徐群墙等地，设三湾、宋马路、张圩子、小王集4个村，乡署张圩子。

鸵头乡：包括水宫、鸵头、吴甸子、马场、纪甸子等地，设鸵头、马场、吴甸子3个村，乡署吴甸子。

陆圩乡：包括后张庄、官场、城上庄、书院场、赞化宫、前张庄、西吴宅、东吴宅等地，设城上、吴宅、陆圩、书院场4个村，乡署孤丁庄。

直河乡：包括葛场、上新场、二场、三场、马沟、杨场、大闫场、小闫场、朱场等地，设二场、马沟两个村，乡署二场。

新庆乡：包括书院场、草场、张宅、学田场、马场、冯场、陆场、季福康场、东腰路、西腰路等地，设新立、联五、胜利3个村,乡署老和尚场。

博爱乡:包括武甸子、贺庄、大庄、二庄、朱庄、韩甸子、上河头、下河头等地,设武甸子、大庄、二庄、河头4个村,乡署二庄。

龙岗乡:包括三里沟、龙岗、李甸子、钟甸子等地,设三里、龙岗、李甸子3个村,乡署李甸子。

河北乡:包括小王庄、岔口、安家洼、小刘庄、南王沟、九龙庙、杨河滩等地,设王庄、岔口、南王沟3个庄,乡署杨河滩。

王沟乡:包括王沟北、王沟南、邢庄、赵庄、小王庄等地,设赵庄、王沟、姜庄3个村,乡署王沟。

湖滨乡:包括沈庄、李庄、叶庄、胡庄、许庄、姜庄等地,设许庄、叶庄、李庄、吴郭4个村,乡署新站。

仇圩乡:包括葛营、小营、仇圩、大江湖,设徐庄、小营、仇圩、周庄4个村,乡署仇圩。

蔡老手绘的骆马湖地图以乡为单位,各乡的区域一目了然,但也不乏把村庄画错、漏记的地方。

现根据我三年来的实地采访,补充如下:

永安乡还有大徐圩、小徐圩、顾庄、小陆场、小郭庄、刘宅子等地没有收录。

新利乡还有仇场、张场、官场等地没有收录。另,孙场分南孙场和西孙场,两场相距1里许,南孙场属新利乡。

南郊乡还有姬场、鲍场、刘场、柳场、彭场、镐场、小刘场等庄没有收录。

临运乡还有张大门、小店、小任庄等庄没有收录。

鸵头乡还有王小庄等庄没有收录。

陆圩乡还有陆圩、孤丁庄、南云寺等没有收录。另，官场属于新利乡，不属陆圩乡。

直河乡还有西南场、刘场、沈场、杨胡场等庄没有收录，另外，上新场应为新场。

新庆乡还有姚场等场没有收录，另草场应为草厂。

博爱乡还有姬甸、张恒庄、东小庄、小于庄、乔庄、汪东庄、小李庄、大甸等地，没有收录。

龙岗乡还有小郭庄没有收录。

河北乡还有新闸、袁湖、张庄、王宅子、李滩、汪渡、支河口、刘庄、贺小庄、夏小庄等未收录。

王沟乡还有高庄、马庄、陆庄、孙庄、侍庄等未收录。

湖滨乡还有叶圩、孔庄、南沟沿、王庄、上郭庄、下郭庄、塘里等未收录。另，姜庄不属湖滨乡。

仇圩乡还有赵庄、仇庄、李庄、周庄、徐庄、张庄、何庄、南庄、贾庄等未收录。

另，需要说明的是，蔡老标注的14个小乡，在1956年之前分属两个区。永安乡、新利乡、南郊乡、临运乡、鸵头乡、陆圩乡、直河乡、新庆乡、博爱乡、龙岗乡等10个乡为运河区管辖，河北乡、王沟乡、湖滨乡、仇圩乡为晓店区管辖。

1956年后，运河区内的行政区域划分又经历了数次调整。其中影响最大的是1956年"小乡并大乡"和1957年11月的"撤区并乡"。

1956年"小乡并大乡"，主要是运河区的调整，即把永安乡、新利乡划给直河乡,把南郊乡、临运乡、鸵头乡划给陆圩乡,把龙岗乡、新庆乡、博爱乡划给皂河乡。直河乡、陆圩乡、皂河乡三足鼎立,统称运河区。

1957年11月"撤区并乡",即把运河区改为为陆圩乡。陆圩乡,管辖原运河区内三大乡。

张洁的手绘地图,没有蔡老的具体,看不出各个地名的乡署。但一些地方的位置比蔡老的要准确。

张洁在制图的时候,先确定中心的区署位置,然后沿着这个中心把附近的村名写好,每个村名之间用线连接,谁在谁前,谁在谁后,相较而言,彼此的距离大致多少……一张图从整体上看,疏疏落落,章法有度。

蔡老曾给我解释过地图的问题。他说,心有余,力不足,只能如此了,无法再改。

《骆马湖记忆》一书中的那张地图错误也很多,尤其是位置。有的错在他,有的错在制图人。手绘版比书里的地图好一点。

但无论怎么样,有胜于无。考证和纠错是后来人的事,他们这一代亲历者,负责留下记忆。

我也曾自制两份地图。一份是中华人民共和国成立前骆马湖官田的区域图,另一份是记录我三年采访足迹的移民访问图。

这份中华人民共和国成立前骆马湖官田区域图具体标注了学田地、稽查地、卷资地、伞夫轿夫地、书院场地、老和尚地、观音阁地、清洁堂地的所在。其中老和尚地三块,分属宿迁城内极乐庵、新沂马陵山五华顶泉潮律院、徐州云龙山云龙寺。学田地两块,具体所属不知。

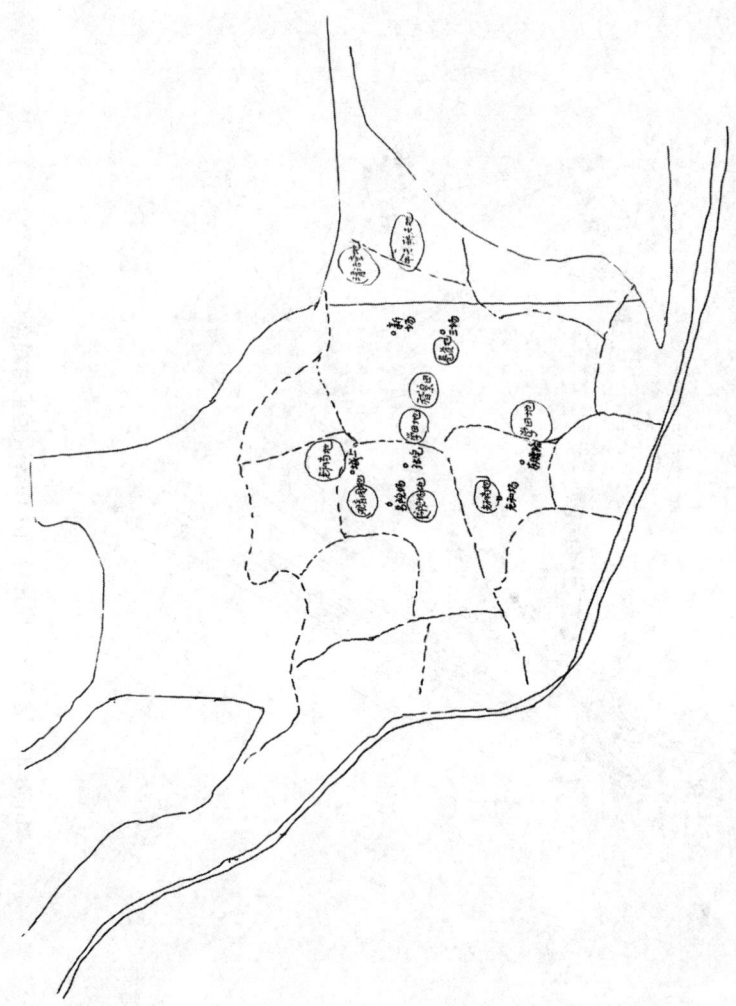

1949年，中华人民共和国成立前骆马湖官田地分布图（作者依据实地采访手绘）

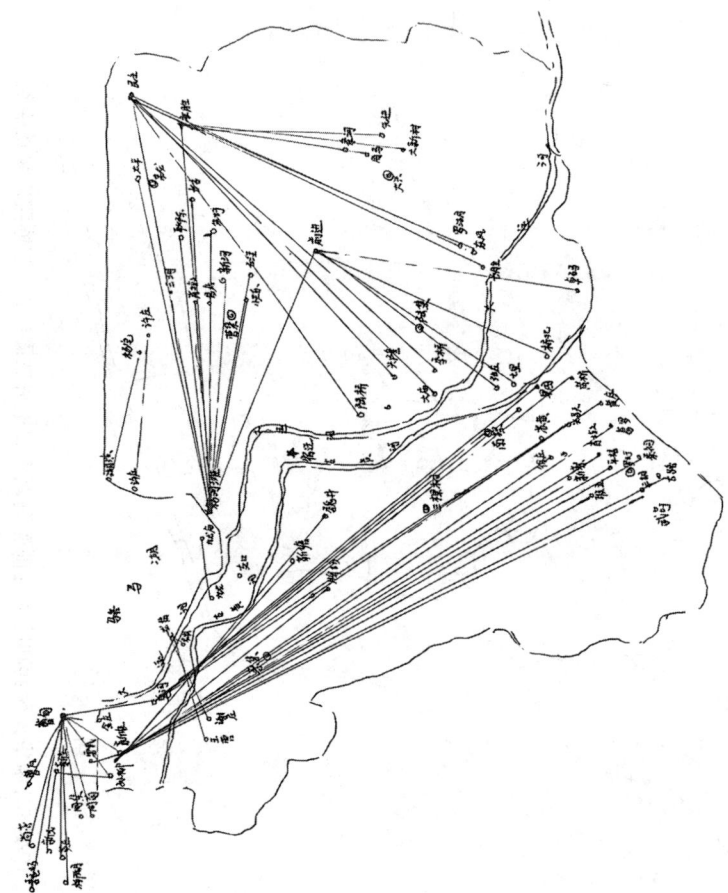

1958年，骆马湖移民迁移图（作者依据采访对象口述手绘）

学田地一：在东腰路东1里许。
学田地二：在张宅东1里许。
稽查田：在张宅东2里许，学田地临边。
卷资地：草场东2里许，大三场西1里许。
伞夫轿夫地：新场东2里，蒿子地旁。
书院场地：前张庄东。
老和尚地一：马场西1里许。
老和尚地二：城上北半里许。
老和尚地三：沈渡口、吴场东1里许。
观音阁地：城上南2里许。
清洁堂地：杨场东3里许，伞夫轿夫地北。

  骆马湖田地除了官田，余下的便是民田。其中有马圩马家、窑湾臧家、窑湾孙家、皂河陈家、皂河叶家等大户拥有的土地。

  记录我三年采访足迹的那幅图，也是还原1958年7月之后骆马湖移民的迁徙图。这份地图以1987年宿迁县地图为底子，用红蓝两种颜色勾勒区分。

  红色线从杨河滩出发，一条线向晓店，一条线向井头，一条线向曹集，一条线向新庄（新庄在1958年属于曹集和关庙），一条线向侍岭，一条线向来龙，一条线向保安（保安在1958年属于来龙和关庙）。

  这是第一次迁移。

  蓝色线的一端，连接在方向不同的红色线尾：

  一条线，从来龙长安、耿陈、民主，曹集三河，保安永胜，新庄太和平，到侍岭纪宅、姚塘、朱岭、盛湖、陆宋；陆集河塘、大庙、季桥、叶店、陆墩、长胜、罗湖、东风；双庄石篓、九龙；大兴条河、农场、周马、高圩、先进、农科、大庄、大兴村；关庙水汉、新河、桥口、卓庄、陆相、董墩、伍庄、胡庄、陈庄、林河、刘圩。

一条线，从皂河新农和皂河街西，到罗圩联五、塘圩、胜利、农科、秦祠、三胡、古路、平楼、武圩、黄庄、马元；到南蔡长庄、新蔡、徐庄、路南、果园、兴跃、陈圩、范庄、苏黄、肖陈、黄桥；洋北七里、张庄、船行、卓马；龙河双蔡；埠子靳桥、夏庄。

其他密密麻麻的小的连接属于乡镇的内部，蚕丝一样密密麻麻。这是第二次迁移，时间在1962年前后，原因是第一次所迁之地人口太密，官方为了疏散人口。

人　数

在我正式对骆马湖移民的材料进行梳理时，让我困惑的是宿迁骆马湖移民的具体人数。常识告诉我，具体数字只能有一个。但在不同的文本里却有着不同的数字。

比如，江苏省水利厅原厅长陈克天在《骆马湖治理与开发》一文中说，宿迁县移民就有四万五千余人。原宿迁县副县长叶汉英却在《有关骆马湖及水库移民概况》中说，1958年骆马湖成为永久水库后，湖内及沿湖近五万人，全部撤出。

当然在阅读这段文字的时候，我也注意到了叶汉英在给出"近五万"这个数字的同时，多了一句"湖内及沿湖"。

叶汉英说得很明白，近五万人是两个数字或者至少是两个数字相加的结果。它是这次移民搬迁中湖内人数与沿湖人数之和，或者湖内人数、沿湖岸边人数和其他之和。这样去理解之后，陈克天给的"四万五千余人"，也可能是真实的。他说的可能是湖内人数。

数字只有一个。两个数字也可能都是真实的数字，只是它们的指向不同罢了。时过境迁，当事人表达时的语境不同，我们自然会产生误会。在阅读文献时，我不轻易否定文献中的任何一个数字。因为它们要么来自亲历者之口，要么来自当时的历史记录。

可接下来赵筱侠的一篇名为《骆马湖改建水库、移民与退库还田问题的始末》的文章，让我再次陷入了困顿之中。

在这篇文章中，赵筱侠把宿迁骆马湖移民的人数变成了5.1万，比叶汉英给出的近五万人还多了不少。他还明确告诉我们，这是湖区居民数。

他说，1958年夏季开始，共迁出湖区居民17497户，7.8万人，其中宿迁县13388户，5.1万人。

在这段文字中，最抓人眼球的，无疑是迁出的湖区居民和宿迁县湖区居民的户数，它们都很精确。如此肯定、如此不容置疑，它让你不能忽视，甚至不得不去相信。由此，它也必然增加了我对"5.1万人"这个说法的信任。

再者，随着我看到的文献资料的增多，我发现持"近五万一千人"说法的人，远不止赵筱侠一个。

比如，吴若兵的《骆马湖水库》（此文章发表在《宿迁文史资料第六辑》）。他说，1958年冬季将骆马湖改为常年水库，汛后蓄水，宿迁县从湖内迁出5.1万人……

还有，我查到一份1962年宿迁县人民委员会文件（宿民〔62〕字第010号），该文件题为《宿迁人民委员会关于骆马湖移民当前生活困难亟待救济解决的报告》，其中开头一句便是："我县骆马湖自1958年建为常年水库以来，迁出居民13388户，51000人……"

这份报告的出现，无疑证实了赵筱侠先生给出"5.1万人"这个数字的真实性——它来自1962年，也证明了学者的严谨——这个数据出自官方文件。对我而言，它也再次证明了我不轻易否定某一个数字的态度,是正确的……

只有一个问题,文件中的 5.1 万人指的不是湖区人数,而是迁出人数。这是两个概念。

它让我又想起了叶汉英先生在给出"近五万人"的时候,明确说了"湖内及沿湖",也就是说,湖内是湖内,沿湖是沿湖。那么"湖内及沿湖"是不是就是"湖区"呢?还有"湖区的迁出人数"又是不是等同于"宿迁骆马湖移民总人数"呢?

我不知道。

但我隐约明白一点,要弄清宿迁骆马湖移民人数,至少要明确四个不同的数据:第一是宿迁骆马湖湖内居民数,第二是宿迁骆马湖沿湖的居民数,第三是宿迁骆马湖湖区的居民数,第四是宿迁骆马湖移民的总人数。

湖内的人数,是宿迁骆马湖移民总人数的一部分。沿湖居民数,也是宿迁骆马湖移民总人数的一部分。

那还有没有其他的呢?

有。在查阅资料的时候,我发现骆马湖移民的人数应该是三次移民的总和。其一,是 1958 年 7 月的湖内及湖周边的搬迁。它包括湖内的一百多个宅子和沿湖地区东岸的仇圩、湖滨、王沟三个乡和南岸的杨河滩等地。第二次是 1958 年开挖邳洪河时的部分,移民包括黄墩公社的马桥、曹甸、李甸、袁甸、金庄等大队及皂河公社刘甸、街西大队部分居民。第三次是 1959 年 10 月为了应对特大洪水,提高蓄洪水位,迁移宿迁大控制工程上游至皂河节制闸一段运河两岸部分居民。

第一次移民的数据是 10106 户,计 41195 人。第二次移民的数据是 1515 户,计 6776 人。第三次是 1776 户,计 6736 人。这些数据来自蔡鸿学和韩子善的统计。蔡鸿学和韩子善两位先生的身份都比较特别。他们都是骆马湖人,都是移民;而且他们都是当时宿迁骆马湖移民安置委员会成员，在 1958 年的夏天做着具体的移民工作。

蔡老说，湖区一共迁出居民 10106 户，计 41195 人。为了应对特大洪水，提高蓄洪水位，1959 年 10 月县委还决定宿迁大控制工程上游至皂河节制闸一段运河两岸居民搬迁了 1515 户，计 6776 人。开挖邳洪河又将黄墩公社马桥、曹甸、李甸、袁甸、金庄等大队及皂河公社刘甸、街西大队的居民迁了 1776 户，计 6736 人。宿迁总共搬迁移民 13397 户，计 54727 人。

韩子善说，骆马湖蓄水前，湖区原有居民 10577 户，45128 人。为应对特大洪水，提高蓄洪水位，县委决定搬迁宿迁大控制工程上游至皂河节制闸一段运河两岸居民 1515 户，6796 人。开挖邳洪河又迁 1776 户，计 6736 人。共计 13397 户，计 54727 人。

详细比较，就会发现韩子善提供的部分数据与蔡老提供的并不完全一致。由于时间久远，资料匮乏，且亲历者都已八九十岁，只能待后来者解决了这一问题了。韩子善提供的资料只比蔡老多了一个湖区居民数：10577 户，计 45128 人。这个数据和本文开头陈克天提供数据吻合。也就是说，这个数据也是真实的。但这个数据指的是湖区居民数，而并非迁移数。换句话说，它是应迁人数，而非实迁人数。

45128 人，这个数据的出处，后来也被我找到了。它出自原骆马湖移民办事处总负责人姚耿荣写于 1958 年 5 月 10 日的一份移民工作简报中。原文是："实际安置情况是，共迁出 44 个社，352 个队，10577 户，45128 人。"姚耿荣虽然说的是"迁出"，但这份报告写就的时间是在 5 月 10 日。真正开始搬迁是两个月后的 7 月 16 日，所以这个数据是计划中的数据。

韩子善把"45128 人"理解为"骆马湖蓄水前湖区原有居民数"也是符合逻辑的。因为，在姚耿荣的简报中应迁人数和湖区原有居民数，这两个概念的内涵和外延应该是完全相同的。理论上，实迁人数应该等同于应迁人数。

蔡鸿学提供的数据与韩子善提供的完全相同，似乎存在某种意义上的借鉴。他们在给出第三个数字"54727人"时，都对这个数字的获得做出了必要解释。它是三个数据的相加，即湖区搬出人数、运河两岸部分居民搬出人数和开挖邳洪河搬出人数的总和。这个数据是宿迁骆马湖移民最后的总人数。

也就是说——

45128，是湖区应迁人数，湖区原居住人数。

41195，是湖区实迁人数。

54727，是1962年之前宿迁骆马湖移民实迁总人数。

倘若对宿迁骆马湖移民的统计范围，只限于湖区和沿湖周边，而湖区的人数按应迁人数统计，那么我们还能得到另外一个数据——51864人。即，湖区原居住人数加上第二次迁移中骆马湖西岸的马桥、曹甸、李甸、袁甸、金庄、刘甸、皂河街西大队部分居民数之和。

于是，在不同的作者不同的文献中出现的数据——"4.5万""5万""5.1万"，都找到了它们的正确指向：4.5万是湖区人数，5万和5.1万是湖区和沿湖周边人数，甚至"4万多"（张明中《骆马湖给我的记忆》）这个数据也非常明白了，指的是实迁人数。

一切似乎很明白了。但还有一个问题，或者一个概念没有弄清楚，就是湖内人数和湖区人数。很明显，湖内是一个地理概念，指骆马湖里，区别于湖岸边。湖区呢，则是一个行政区域的概念，指的是1958年宿迁骆马湖区移民前所管辖的区域，再看宿迁骆马湖的行政区域图的时候，更是一目了然。

我在查找资料的时候，注意到一份文件——下发于1957年

9月2日的《宿迁县人民委员会关于骆马、黄墩两湖水库安家和生产救灾计划报告》。该报告在讲到骆马湖救灾时，提到另外一个数据——25000多人。

文件原文是：

> 骆马湖水库，原计划水位22.92公尺，不意今年（1957年）在黄墩分洪后，仍连续出现七次洪峰，水位高达23.21公尺，因而骆马湖大部分宅基漫水。由于及时号召全干群，全力以赴，投入防汛抢险，虽然用3000只木船，抢运粮食1500多万斤，牲畜3000多头，25000多人。

1957年的这次水灾，被称为百年不遇的一次水灾，湖内大水漫过高宅（湖内居民居住区）。由于人民政府及时救灾，抢运粮食、生产资料，抢救受灾人群……避免了大灾难的发生。这里提到的"25000多人"，是受灾人数。而这个人数，我猜想就是宿迁骆马湖湖内住在高宅子上的人，即湖内人数。也就是说，湖内的人数只在25000人左右。这显然，区别于韩子善说的"湖区人数45128"。

这一个猜想，后来被一份1957年出版的宿迁骆马湖地图所证实。尽管它有些破损，但它还是如实地记录了宿迁骆马湖内各个宅子的地名和每个宅子的居住人数：

戴场，303人；马口，98人；前宅，88人；小徐圩，295人；大徐圩，65人；沈渡口，185人；吴场，180人；汪场，34人；朱圩，461人；刘宅，32人；杨场，80人；新场，274人；葛场，22人；二场，167人；三场，890

人；闫场，34人；张场，61人；(东)许场，248人；西孙场，58人；(西)许场，134人；南孙场，56人；袁场，226人；陈场，6人；史场，8人；官场，96人；陆场，232人；刘场，148人；马场，250人；吴场，216人；东吴场，264人；赞化宫，24人；草场，170人；张宅，520人；老和场，308人；马场，384人；西腰路，485人；东腰路，341人；沈小场，198人；桑场，73人；杨场，27人；大场，188人；高场，18人；崔场，32人；沈场，148人；朱集，272人；孟场，44人；徐场，300人；史场，105人；张庄，103人；官地，69人；城上，421人；鲍场，170人；(东)曹场，95人；(西)曹场，28人；(西)马场，303人；二湾，570人；庄场，110人；陆场，57人；刘场，85人；柳场，72人；姬场，107人；彭场，40人；徐场，40人；三湾，300人；侯场，125人；小店，103人；宋马路，313；张大门，150人；张圩，216人；小王集，147人；水氽，242人；王小庄，189人；鸵头，574人；马场，303人；吴甸，290人；纪甸，234人；大甸，224人；姬甸，133人；韩甸，70人；陈庄，46人；贺庄，61人；大庄，613人；孙庄，63人；小张庄，15人；中河头，263人；二庄，696人；三庄，257人；下河头，209人；三里村，408人；龙岗，917人；李甸子，660人；钟甸子，378人；岔口，884人；小刘庄，88人；刘庄，23人；王宅，29人；杨河滩，755人；王沟庄，98人。

地图上呈现出来的宅子98处，人数20973人，缺失的部分是区署所在地陆圩和孤丁庄、前张庄、后张庄、汪渡、九龙等几个地方。

实　质

　　骆马湖人为什么搬家？这个问题在弄清人数之后，必须回答。

　　于是，2019年7月12日我敲响了原宿迁县委办主任张明中家的大门。据说，1958年县委有关骆马湖移民的很多重要文件，是他起草的。他是骆马湖鸵头人，也是1958年骆马湖的移民。

　　这次采访的目的是想听他讲述自己的经历。但他对那次移民不愿意说太多。他年事已高，身体又不太好，不愿意再回忆。再者，搬家的时候，他正在县委工作，上着班，具体搬家的细节并不清楚。具体搬家的人，是他在骆马湖的亲人，包括父母、祖父母以及他的兄弟姊妹。

　　不曾亲身参与的事，说了就是犯错。

　　经他手起草的那些文件，这些年在不同的场合他对不同的人说了很多遍，"嘴都起了茧子"，他不想再说了。

　　他说，起草的过程，也都写成文字，收在书里，你自己可以去查。

　　于是我换了个问法，请他把相关的文章告诉我。他便说出了那篇叫《远见卓识，非凡实践》的文章。他说，这篇文章最先收录在《宿迁的记忆》一书里，后又删减重新收录于《骆马湖记忆》一书……

　　话匣子打开了，接下来的访问顺畅多了。

　　巧的是，他又是《骆马湖记忆》一书的发起者。他原是想给骆马湖立传，可立传的工程量太大，不得已，退而求其次，写志，叫《骆马湖志》。但操作起来，也不那么容易，最后只好写成了回忆。成书之后，这里面的回忆，也少得可怜。这本书的大部分内容，只是资料的汇编。

但，无论如何，《骆马湖记忆》是一本有新内容、新主题的书，是由移民当事人编撰的一本书，是一本最接近那场移民真相的书。

它是一本真实的书。

那些想把骆马湖弄得神秘的人，可能不是别有用心，但他们确实以"神秘"之名遮盖另一些事情。

在采访中，张明中说《骆马湖记忆》能够成书的一个关键，就是它回答了一个"总的东西"，即为什么蓄水。这个"总的东西"有了，仿佛一栋建筑的骨架有了，就能立起来了，至于盖成什么样，砖瓦、材质、外饰，就强求不来了。

事情总要一个一个地解决，最难解决的也最应该解决的，不能留给后人。他们把这个"总的东西"提了出来。

这是他们这一代人的任务。

他已经快90岁了。另外两个和他一起整理书稿的老人——蔡鸿学、丁超明，平均年纪也在90岁，心有余，而力不逮啊。

《远见卓识，非凡实践》一文在《骆马湖记忆》一书的146页，原文还有一个副标题"1950年代中共宿迁县委书记李柏的工作决策"。

文章主要讲述20世纪50年代李柏主政宿迁时，为尽快改变宿迁贫困面貌，科学制定"玻璃城、水稻县、苹果黄河、葡萄山"的远景规划，带领宿迁人民战天斗地、摆脱贫困的史实。"玻璃城、水稻县、苹果黄河、葡萄山"的核心是"水稻县"，而水稻的关键是"水"。

为了解决这个问题，进行了移民。

为什么选择在骆马湖建水库？文章说得也很明白，因为骆马湖在宿迁地势很高，仿佛"顶在宿迁头顶的一只巨盆"。骆马湖倘若能常年蓄水，便可引"盆里的水"为用，实现宿迁东部几十万亩耕地自流灌溉……

毫无疑问，这是一个大胆的设想，是一场极具实验性的土地改良，既具有革命英雄主义精神，又具有浪漫主义气质。这个设想具有那个年代的人们迫切建设新中国的典型精气神儿。

对于这个设想，李柏是谨慎的。他后来经过几番论证，进行了小范围的实验，还请来大学教授专家取土化验分析。他把分析的结果交给县委讨论。县委认为可行后，他才写成文件，逐级呈送上级。文件从宿迁出发，一级一级上报，从原隶属地级淮阴市委，到江苏省委，再到国家水利部……

《宿迁市志》载，1957年4月1日，水利部副部长钱正英等一行七人来宿迁视察调研。视察调研的项目就是骆马湖的蓄水方案。最后，钱正英认为方案是可行的……随后，江苏省委正式批准实施。

《远见卓识，非凡实践》很清晰地交代了宿迁骆马湖移民方案从构思到论证再到批准的始末。它明白地告诉我们，宿迁骆马湖移民是一个国家行为，而非自发的迁徙。骆马湖移民是为了实现宿迁的远景目标，改变落后的面貌而做出的自我牺牲。这就是张明中想要强调的"总的东西"。

后来，我又找到了一份由李柏书记的生前录音整理而成的文字，进一步印证了张明中的文章的真实性，而且有很多类似于补充式的具体细节。

比如，在找专家论证岗地适不适合种水稻时，县委除了请大学教授专家化验分析土壤，还请了地质部门和气象部门的人进行了综合考察，具体地分析宿迁的地形、地貌、土壤、雨水、气象等。多方分析的结论，张明中一笔带过，语焉不详。但李柏书记明确地说，请了南大教授在来龙、侍岭一带对土壤进行大量调查研究。南大教授给出了调查研究的结果，岗地改水田后的土壤与太湖流域的土壤性质是一样的，可以种水稻。

再比如，旱田要改水田，就必须有充足的水源，要能排能灌。李柏书记亲口说，县委考虑如何将骆马湖改为常年水库。旱田改水田，是县委的设想。骆马湖蓄水，也是县委的一个想法。

还有，水利部副部长钱正英来宿迁视察，看了计划，听了报告之后，有一个细节——钱正英高度赞扬了县委的自我牺牲精神，认为可蓄水9亿多立方米的骆马湖，是全国最便宜的水库，不仅宿迁受益，而且邻近各县可受益……钱部长，也说出了这个"总的东西"。

这个"总的东西"很重要，是这个历史事件的核心。不把它理出来，好事情就会变样。倘若是因为"跑水返"、闹水灾，那骆马湖人的迁移就无所谓牺牲。如果移民是为了这个"总的东西"，那么骆马湖人就是功臣，就是舍小家为大家的功臣，就是宿迁百年发展史上的功臣。

骆马湖人是牺牲者、抱薪者，给他人以光热。

骆马湖人远迁宿迁以东的老岗地，战斗在宿迁最艰苦的地方。他们用六十年的时间，自力更生，把千年岗地、废地变成了如今的肥地、高产之地。他们又是伟大的拓荒者。他们把千年的贫瘠之地变成了"淮北江南"。

宿迁人民不该忘记他们。

宿迁更不该忘记他们。

再后来，我找到了张明中当年起草的那篇报告——1958年2月22日《中共宿迁关于骆马湖蓄水灌溉及居民迁移问题的报告》。

报告指出——

> 我们参加省委在睢宁召开的平原坡地水利会议，听刘书记报告和参观睢宁工程之后，给我们启发和鼓

舞很大,进一步地明确和更深刻地体会到我们地区的农业增产关键,是发展灌溉,改种水稻或旱灌,消除旱涝灾害。而灌溉改制,首先要有充足的水源。我地位于骆马湖的下游,骆马湖能常年蓄水,就可解决60万亩农田用水问题。……

一、宿迁县是平原坡地,对农业增产最大威胁是旱涝灾害。旱或涝,是长久以来我县粮食低产的一个关键因素。宿迁闸建成以,骆马湖蓄水后,除解决上下游数百万亩农田不受洪灾和灌溉用水外,单以我县来说,湖东南一带即有60万余亩土地可以自流灌溉。我们在水利和改制方面提出"今春除涝灾,二年水利化,三年水稻县",也主要靠这个有利条件。该地区原系临时水库,一年一麦,产量很低,每亩平均产量只在150斤上下。蓄水后,湖内27万余亩土地,虽暂时没有收益,要少收粮食4000万斤。但以湖水灌溉,仅我县在1959年利用湖水改制20万亩,按初改制每亩增产200斤,计增产粮食4000万斤,就可以抵上原来的收益,将来还会增加,以后我们和湖下游的沭阳、泗阳等县,利用湖水,共可改制到149万亩,其增加粮食产量,则不是几千万斤,而是几亿斤,从发展看来,更是十几亿斤。此外,湖内还可以大量发展水产。因此,从长远利益着眼,请批准骆马湖在今年蓄水,明年则利用其水源,大面积进行改制。

……

骆马湖人民将永远摆脱紧张而又不稳定的生活环境,一时麻烦,万世安乐。而岗地区由于增加了人力和牛力,迅速实现旱改水,产量将会大增,真是一湖蓄水，两地幸福。同时，国家也再也不会为骆马湖救灾、防汛而担心费力了。

"一时麻烦，万世安乐""一湖蓄水，两地幸福"，这就是"总的东西"。

只有理清楚了这个"总的东西"，才能正确地评价具体事件和当事人。也只有明白了这个"总的东西"，骆马湖人才能名正言顺地接受宿迁人的礼赞。

附录（采访录音摘录）：

声 音

  我是大许场人，大许场有多少人家不记得了，不多，就几十户人。大许场地不小，基本上是姓孙的，姓刘的。

——臧大荣，86 岁，新庄太和平

  我是仇场人，在张场西边几十米。我家在仇场最西头。庄子小，四五亩地这样。庄上就三个姓氏：闫姓、姬姓、仇姓。姓闫的是五户，姓姬的是两户，加上我一家，一共八户人家。那时候，俺家门前能种园子。姓姬的门口是个场。

——仇兴传，80 岁，新庄太和平

  我是刘场人，官陆刘马场的刘。刘场的宅子垫过，是外地人来的，垫了几人高。那时我八九岁左右，钱是国家出。我们那宅子顷把地，姓曹的、姓董的在北边，姓王的在东边，还有姓李的、姓张的在里头，一共住几十户。我们那屋子盖得乱，当中一排子，北面一排子，庄头一排子。

——张汉扬，82 岁，新庄太和平

  我是书院场人，我们书院场有学校，小学，一到四年级。到五六年级时，要到陆圩去念。我们书院场大都是姓赵，一转圈都是一个门里的。我家老爹弟兄五个。书院场有 2 里路长，周围有一些小宅疙瘩。比如南边，一个南云寺，就是个寺庙，过去是和尚的庙产。还有三家姓王的，一家姓张的，垫一个宅子，没有名字。偏东，有一个小中场，住了夏万松、夏万生、夏万邦、张成功、张明围、潘家等等十五家人。后来他们都搬到书院场来了。书院场没有庙。小南庄有个土庙子。一个书院场都去小南庄转土庙子,过去这是迷信。家里下了牛犊子、驴驹子了,要去土地庙感恩、烧香。家里有病人,也去祷告祷告。老人过世了,要去围着庙子转三圈,边转边说,某某人,姓什么,叫什么,什么时候去世的,请土地老爷在那边多多关照。

——赵花荣,87岁,保安永胜

我是孤丁庄人。我们孤丁庄十几户人家,在后张庄北面,隔着一道汪,距离也就二三百米这样子。我们庄上,丁是主姓,只有一家姓范的,所以叫孤丁庄。人家,就十几户。庄子小,地形是圆的,中央住人家。人家也有堂屋,有过道,有偏屋,有前屋。我们那儿有一家地主,丁步晨。

——丁乐英,78岁,保安永胜

小徐圩是东西一长条子,没有沟没有堑,没有圩子,杂姓少,最西头是徐庆本家,最东头是沈贵童家,中间是吴希永、葛一田家。其他自西而东依次是顾振起家、高伟德家、徐庆凯家、徐庆品家、徐耀云家、徐庆德家、徐云瑞家、徐庆恩家、徐云亭家、慎永夫家、徐云通家、徐庆春家、杨荣华家。

——顾振起,92岁,新庄前进

我是草厂人,我们庄子在骆马湖,四周有圩沟。中间一条大路分南北,人家在路北,留下南边做场。人家分住东西庄。东庄是1队,西庄是2队。从东向西数,人家有尤守北、尤守元、尤守先、卢方明、卢方志、姜胜友、姜胜金、姜胜云、姜胜宗、姜胜凯,前一排有张德田、张德堂、张德玉、赵厚金、赵厚元、赵厚斌，后面还有高孝田、卢书华、卢方余、王佳才，再前一排有卢秀喜、张中北、黄太原、黄金桂、卢梦庚、韩西武、朱正德、卢彩友、黄金宝、黄洪喜、卢芳荣、王云启，再前一点项家、尤先平、邹德翠、朱荣华、史荣宝、王德成、王友兰，东头半截还漏了一些，有尤守正、方晓楼。

——卢书坤，77岁，来龙良庄

我是马口人，在小沂河旁边，东面还有一条小河，我住在河西。马口临边叫前宅子，马口子有30口人吧，姓朱的多。椭圆形的宅子，从西北开始，依次是朱印昌、朱元昌、李玉松、贾秀山、贾秀亭、李庆录、李成有、李成四，当中一条路，路南是第二排，从西边是朱克俭、朱宜寒、朱宜乡、朱宜州、朱宜清、朱宜山、朱宜江，南边再来一排依次是朱茂昌、朱亭昌、朱宜彬、朱克远、朱克强、朱克忠、朱宜早、朱晓车……

——徐昌俊，87岁，新庄前进

我是前宅子人。我们在湖里属于前进村，到这还是前进村，用湖里的名字。我们的村部在马口子，一共有10个生产队，包括戴场1到4队，马口5队，前宅子6队，大徐圩7队，小徐圩8队，郭小庄9队，小陆场10队。在湖里创办的高级社，我们的书记姓吴。

——罗恩栋，81岁，新庄前进

我是汪渡人。汪渡有多大？很大。解放前，种的都是"老板"地。汪渡人有回骆马湖的，成渔业户。俺是农业户，只会种地，老老实实留下来了。我们汪渡，73户人家左右，有姓王的、姓丁的、姓赵的、姓宗的。为什么叫汪渡，因为，前面有条小河，此地成为渡口，所以叫汪渡，也叫汪家渡。我们在湖边，湖里人要垫宅子都是我们去。我垫过朱圩子、三场、新场，用筐抬，小木车推。

——汪庆章，88岁，来龙耿陈

我是新场的。新场在二场北，与葛场不到一里路，隔着一条河。那会，我们属于直河村。直河村，4个组，葛场1个，大场1个，新场1个，还有杨场、沈场1个。杨场在新场北边。沈场还在杨场北边。沈场，为什么叫沈场，因为地是窑湾沈家的。我们那一片，在中华人民共和国成立前，种地除了葛场种葛景洪家地，沈场、杨场、新场都是沈家地。在搬迁前，我们庄上人家也是成排的。宅子四四方方，南北一条路，门对外开。

——朱长泰，85岁，曹集肖墩

我是老和尚场人。老和尚场不大，是个小宅子，几十户人家的模样。中华人民共和国成立前，地是老和尚的。我们那个老和尚，隶属马陵山五华顶。我们给他做工，最后四六分成，是倒四六，老和尚四，我们六。

——朱四花，88岁，曹集肖墩

我是冒冒场的。冒的正字不知道怎么写，北方人对南方人的称呼。为什么叫冒冒场，就因为最先来这里居住的是个南方人，姓谢，兴化人。我们场不大，四家人，小船靠在那。我们离三场近，隔着一条河，它在河东沿，我们在河西沿。两村人隔着河，端碗吃饭，就能拉呱。1951年，"土地改革"，我还在南场住。1953年，垫成三场，就都去三场住了，冒冒场现在就没了，被水打平了。

——邹可运，89岁，曹集肖墩

我是小闫场人。小闫场在大闫场南边，一共几家人：姜燕青一家、姜邢栋一家、张祖恒一家、张祖客一家、侍季山一家、侍季怀一家、戚偿付一家、黄永昌一家、老魏三一家。此地原本没有姓侍的，姓侍的和姓张的是一家人。闹土匪那些年，有一窝土匪到我们场上绑姓张的，逮到一个问姓什么，他说姓侍，就免了一难。于是这一支就这样姓了侍。对了，小朱场早些时候，是三家人，不是一家，张成兰、姜先平、季老虎。当地洼，蛤蟆撒尿就能淹，后来都搬走了，又来一户。

——张家怀，87 岁，曹集三河

我是吴场人。吴场是我们姓吴的自己垫的。老祖上弟兄四个，一人垫 18 亩，四个 18 亩。宅子一头一个巷子。两头是杂姓，有姓季的、姓朱的、姓冯的、姓刘的，当中住我们姓吴的。

——吴春寒，82 岁，新庄朱圩

我是张宅子人。我家住在西南拐，祖上是地主，地是自己挣的。三河周家和我们这一支是一家子。张宅子是东西长，有学校，也垫过宅子。我们张宅子怪，东头一土庙子，西头一土庙子。宅上人，一死就死两个，东头死了一个，过不了多久，西头一定死一个，最多隔一个月。后来有人把西头的土庙子给扒了，只留东面的。东面的时间长，里面供奉土地奶奶，8 月 15，要烧香。为什么叫张宅子，据说，早先是有个姓张的老头，在此地开垦种地，所以叫张宅子。我们搬到这边还叫张宅子。我们庄东有个夏胡场，有刘、周、王、李，共七家人。那一家姓周的，平时住蔡集，忙时才来。庄子东南，还有学田场，10 家人。正南是王宅子，自己垫的，主人叫王宪，恶霸地主。我们宅子上，董家也是大户。种地多的，是个庄头儿。

——周继米，82 岁，来龙民主

我是大刘庄人。大刘庄两个生产队五十来户人。小刘庄二十来户人，个把杂姓。我们大刘庄一户姓黄的，两户姓夏的，还有一户姓张的、聂的，总体姓刘。大刘庄，在安家洼东面，安家洼西面，还有一个小刘庄，当中还隔着大空当。我们那边之前是三个社：岔口包括贺庄叫胜利社，我们和小刘庄、支口是先锋社，南王沟是新华社。

——刘文汉，83岁，来龙长安

我是杨河滩人。杨河滩人不多，过去说是"八大家"：吴应轩、左德顺、吴应俭、吴应权、吴纪元、郜振启、邱景县，还有我家。我们住在岸边，湖里都是高宅子，我们是在平地。后来住的人多了，有徐以霖、吴有庆、孟广春、吴吉明、孟继梅，他们是一个宅子。吴丕才、吴丕茂、吴丕江一个宅子。张家宽一个宅子。张溪镇、张兆定一个宅子。北边还有一个小老头，一个宅子。这个宅子，没有蚊子。过去迷信说，张天师曾经过小老头家那个宅子。

——吴应仝，91岁，来龙耿陈

俺是东腰路人，俺庄当中一条大路，从皂河而来，西南向东北，穿庄而过。俺庄比西腰路分明，住人的地方集中在3块：路西北一个宅子，路西南一个宅子，路东一个宅子。路西北的这个宅子，小，叫范宅子，一共住16家人，都姓范。路西南的宅子有3家——蔡家、王家、范家。蔡家3户，蔡万振、蔡万奎、蔡万元；王家1户，王万德；范家两户，范士明、范士忠。路东的大宅子，住人两百多，宅高3米，多是散户杂姓，有姓郭的、姓陈的、姓蔡的、姓周的、姓杨的、姓赵的、姓高的、姓许的、姓胡的、姓李的。另有6家大姓，前蔡、后蔡、董家、高家、张家、许家。许家在庄子最东头。最西头是一口砖井,一条南北大汪。这就是我们庄子大概的样子。此外,我们庄子还有一个传说,也可以记下来。听上人讲,骆马湖土地现出来之后,新沂马家插旗圈地时节,有一日,插到东腰路,把腰路人的土地也圈里去了,腰路人就把旗子拔了,于是闹了一场官司。官司打到宿迁县里,县里最后说和,把此田变成官田学田,再租给腰路人种。这就是骆马湖人,半湖都种马家地,而腰路人不种马家地的原因。

——蔡志科,85岁,侍岭大墩

第二章　在1958年

　　1月　寒流侵袭，干部在雨雪中上门查群众吃、烧、穿、住、病等生活状况，要求备足15天粮草，保证安全度灾。

　　3月　组织动员湖区居民准备搬家，派代表先到灌云县，后到新疆南草湖查勘，选择搬家住地。代表表示不满意，县委又研究决定在本县就地安置。

　　6月6日　组织4万多名抢收大军到湖区帮助抢收三麦，设抢收指挥部，拍摄电影纪录片，办夏收快报。

　　7月16日　县委下令骆马湖区内居民搬家，成立骆马湖移民安置委员会，县法院院长姚耿荣任主任。

——《骆马湖记忆》

一 月

据1984年12月江苏水利厅骆马湖水库《水利工程管理状况登记表》记载，1958年1月的大事记，可以增补一条：

> 1月，江苏省水利厅提出"骆马湖一湖蓄水，黄墩湖种植农作物"的建议。

这是2月国家水利部下达的批文，正式同意把骆马湖作为常年水库的前传。在此之前，作为水库的骆马湖，在大大小小的官方文件上，一直和黄墩湖水库并称。

两湖同作为水库的历史，最早可追溯到1950年1月在上海召开的沂沭治导技术会议。该会第一次确定了骆马湖、黄墩湖同为临时拦洪水库。

1955年11月7日，江苏省治淮总指挥部以苏淮总计字第460号文，向国家水利部报送"沂、沭、泗区骆马、黄墩两湖水库工作计划任务书"，第一次建议把骆马湖、黄墩湖作为常年水库。

其文曰：

> 本省骆马、黄墩两湖原为拦洪临时水库，现为解决沂河特大洪水并发展淮阴地区农田灌溉，拟利用两湖作为常年水库。

1956年3月26日，中央水利部以（56）水设计钱字第314号"关于骆马湖、黄墩湖水库工程问题的信"函复，信中没有同意把骆马湖、黄墩湖作为常年水库，但对把骆马湖、黄墩湖临时防洪水库改建为防洪、排涝、灌溉、航运等综合利用的常年水库的建议，深以为然。

二 月

2月份的大事记，蔡鸿学漏记了。根据《宿迁市水利志》和1958年2月19日拟就的《中共宿迁县委关于骆马湖蓄水灌溉及居民迁移问题的报告》等资料，也不妨补录几条：

其一，2月19日，宿迁县委向江苏省委申请批准骆马湖于1958年蓄水。

其二，2月26日，国家水利部正式同意骆马湖为常年水库。

其三，2月26日后，成立宿迁县骆马湖蓄水移民办事处。

其四，姚耿荣调往移民办事处。

其五，县委对移民安置、搬家费用等移民具体事项做初步规划。

……

《宿迁市水利志》云：

2月26日，水利部正式批准骆马湖为常年蓄水水库，淹没土地3.02万公顷，其中宿迁1.97万公顷、新沂 1.05 万公顷。

1958年2月19日的《中共宿迁县委关于骆马湖蓄水灌溉及居民迁移问题的报告》相关段落摘抄：

> 今年湖内蓄水定案之后，即在县委领导下，设立搬家办事处专门机构，从3月份开始进行工作，至6月底基本做好有关搬家和安置事宜。

水利部的正式批文号为"（58）水设计钱字第366号"，有文可查。"设立搬家办事处专门机构"，即宿迁县骆马湖蓄水移民办事处。这个机构的名称，后来出现在姚耿荣3月份到7月份撰写的每一份报告的末尾，有据可查。

此外，这两则引文中，前文中的水利部的正式批文，其实，就是后文的湖内蓄水的"定案"。

水利部的官方批复，明确了骆马湖正式成为常年水库。宿迁县骆马湖蓄水移民办事处的成立，则标志着移民工作正式提上了日程，骆马湖移民的安置工作已经到了落实阶段。

据蔡鸿学、张明中、丁超明等人回忆，当时移民办事处下设财经、动员、组织三个科室，主要负责人有：姚耿荣、张汝生、刘广田、朱斯军、闫嗣伦等。其中，姚耿荣是移民办公室主任，骆马湖移民办事处的总负责人。

姚耿荣，骆马湖直河村人，生于1908年。扛过枪，打过鬼子。1949年前后担任运河区区长，曾长期在骆马湖工作。调任移民办事处之前，任宿迁县人民法院院长。1958年，重回骆马湖时，正好五十岁整。

五十而知天命。

可在受访的移民口中，这个老革命不信天，也不信命，唯有满腔的理想、信念、忠诚，唯有接受任务、执行任务并完成任务的信念。姚耿荣是个工作狂，又是个体恤民情的好官。他向县里要助手的标准是"胆量大""能吃苦"。对后来移民过程中出现的问题，他也不避讳。自己无法解决的问题，一概如实上报，说真话，说实情，不臆断，不欺上，不瞒下。

这一年，他写了很多报告。

这一年，他开了很多会。

这一年，他向县里要钱、要粮、要人、要磨、要草、要煤、要船、要车、要车油。

这一年，他始终在场，无论是骆马湖、杨河滩还是安置点，无论是移民之前、移民之时还是移民之后。

这一年，他非常忙碌。

……

2月，对骆马湖移民来说，是一个很重要的月份，这场移民搬迁工作开始了。

三　月

到了3月，成立不久的移民办事处开始正常工作了。

与此同时，县委为移民办事处遴选的原骆马湖籍机关干部，也陆续调回骆马湖工作。他们和姚耿荣点名索要的助手一样，来自不同的工作岗位，即将分担起复杂的骆马湖移民工作。

蔡鸿学认为骆马湖移民的动员工作是在3月份，是对的。

"派代表先到灌云县，后到新疆南草湖查勘，选择搬家住地。代表表示不满意，县委又研究决定在本县就地安置"，这个说法有点问题。

在我掌握的众多材料中，关于最初的安置点，主要有三种说法：一个是灌云县东辛农场，一个是洪泽湖南岸，另一个是本县安置，并没有新疆一说。

新疆，对于骆马湖人而言，太过遥远，遥远得不近人情，根本不现实。这里必定是误记。后来，我曾当面求证蔡老，蔡老拿原稿给我，方才知道，不是蔡老的错，而是整理书稿之人的笔误。

灌云县东辛农场、洪泽湖的南岸，离骆马湖也不近，长途跋涉，整体搬迁，也不容易。但它有文可查，出自任重的《千年沧桑骆马湖》。

关于本县安置的说法，材料最多，且由来已久。我发现，早在1957年，骆马湖移民搬家工作还没正式提上日程的时候，就有了相关档案记录：

> 为避免汛期洪水危险，骆马湖内居民全部搬出水库，湖外安家，湖内原有房屋不拆，无房户暂建临时房，以便在生产时节进湖耕作，其永久住宅，拟就近在黄河堤南的滩田地和湖东岸马陵山坡一带……所占用土地，以湖地换陆地，以多换少。

另外，上文提到的那份拟就于1958年2月19日的报告中，在本县安家的说法：

> 湖东面临近的岗地地区，地多人少，6.5万人，有43万余亩土地，平均每人土地6亩多。由于人、牛力缺乏，土地耕作粗放，产量不高，将来大面积实行改制，人、牛力则会更感不足。因此，拟将湖内居民迁居该地。

这两份材料的所署日期，都在1958年3月之前，且都明确指出了移民安置地的所在。可见县内安置的想法，绝不是临时起意，突发奇想，也不太可能节外生枝，另择他处安置。毕竟移民安置是大事，事关数万人的生活，不是儿戏。

如此，在3月的大事记中，除了移民办事处正常工作、开展移民动员、勘察安置点等，亦可另加一条：决定县内安置。

四　月

3月开始做规划，等到规划出来的时候，已经到了4月。

从目前找到的材料看，这份规划至少经过了两次以上的细微调整，最终在7月份正式搬家的时候，又做出了很大的调整。从姚耿荣的《移民工作简报》看，第二次移民安置规划是：

> 从有利生产，便于领导出发，以集体建庄为主，分散插队为辅。迁出乡的社是采取一社或几社合并建庄，本乡安插的社，亦以建庄为主，分别采取并社，插队，以达全员安排。据反映集体建庄很受欢迎……

其结果与第一次略有变动。

实际安置情况是：

共（要）迁出44个社，352个队，10577户，45128人。

（预计）安插在来龙乡：11个社，94个队，2751户，11954人，建庄6个。

（预计）安插在侍岭乡：2个社，20个队，785户，3517人，建庄3个。

（预计）安插在关庙乡：4个社，43个队，1332户，5644人，建庄4个。

（预计）安插在曹集乡：8个社，62个队，1825户，7554人，建庄5个。

（预计）安插在黄墩乡：6个社，39个队，1249户，5175人。

（预计）安插在井头乡：自己安插6个社，37个队，948户，4205人。

（预计）安插在晓店乡：自己安插5个社，36个队，979户，4173人。

（预计）安插在皂河乡：自己安插2个社，21个队，708户，2906人。

这个规划制订之后，4月20日，县委和移民办事处便动员并安排相关移民到安置点对接，绘图、划线、拉绳、打墙、盖房，搬运材料、肥料。但需要解释的是，从现在的宿迁地图来看，实际情况与这个计划出入太大。

比如，现在的关庙，并无移民庄。分布在关庙乡水汊、林河、陆相、崇河、桥口、高宅、张庄、陈庄、陈油坊、伍庄、东湖庄等地的骆马湖移民，为1962年从新庄太和平二次疏散过来。此次疏散以插队的方式，每个队或十或五，最多十几户，最少两户。

再比如，来龙如今所辖区域内的移民庄只有四个，即长安、耿陈、太平、民主，并非六个。侍岭只有一个，即大墩，并非三个。曹集只有三个，即三河、新河、快乐，也并非五个。

为什么出入这么大呢？究其原因，是1958年之后来龙、曹集、关庙的行政区域经过一次大的调整。1961年，由曹集公社分出的石洼、前进、陆庄、新庄、林圩、朱圩、袁庄、陈墩和关庙分出的振友、安圩组成新庄人民公社；由来龙公社分出的韩集、张圩、保安、永胜、五魁、黄泥和关庙公社分出的坡墩、大庄组成保安人民公社。

分出的村庄中，前进、新庄、朱圩、陈墩（现在集中在城上），以及永胜都是移民庄。也就是说，来龙如今所辖的四个移民庄，还得加上一个永胜。曹集三个移民庄，还得加上前进、新庄、朱圩、陈墩的城上。那么来龙的移民庄就变四为五，曹集的移民庄就变三为七。这样一来，似乎更乱了，来龙的移民庄还是不足计划表中的六个，而曹集的移民庄反而又多了两个。如此，可能有另外的原因，比如，具体落实的时候，又做出了较大的调整。

这个猜想在我后来的采访中得到了印证。

2020年7月，我重访侍岭大墩时，得知在此建庄的东腰路人，原迁入地在来龙东北的匡庄。1958年4月，东腰路人在匡庄建房若干，1958年7月临时改迁侍岭大墩。

2020年7月，我重访来龙太平时，得知在此建庄的西腰路人，原迁入地亦在来龙东北的匡庄，太平原不在计划迁入地之列。

2020年7月，我重访曹集快乐、团结时，得知在此建庄的马场人，原迁地在今曹集的前进以南，因该村柳琴戏戏班（朱大有戏班）搬迁过境，被曹集时任乡长徐景梁看中，强留于此地，于是改迁安置于此。

2020年8月，我重访双庄的九龙时，得知在此建庄的九龙庙人，原迁入地在来龙的西南高圩。1958年4月，九龙人在高圩建房若干，认领安置点。1958年7月，因原九龙高级社会计陈家章上书淮阴，私自带队返回骆马湖，遂重新就近安置于运河南岸石篓。

2020年8月，我在龙岗采访时，得知龙岗人原迁地在侍岭西南的吴圩。1958年4月，龙岗人亦和九龙一样，到计划迁入地盖房，认领安置点，最后却没有迁入，就近安置于运河南岸。

还是2020年8月，我在皂河的新农采访，得知大庄人的原迁地在侍岭的大墩与朱岭二地，1958年亦临时调整，就近安置于运河西岸。

……

如此，这个计划中，原在来龙建庄六个，就被我还原了；原在侍岭计划建庄三个，也被我重新还原了；只有曹集和关庙的不好确认。

最后，正如这张计划表那样，运河西岸，皂河、黄墩两乡的大部分移民安置的方式是插队，这个在采访中也得到了证实。现在皂河、黄墩等地的骆马湖移民集中建庄史，始于1965年左右。迁入皂河龙岗、王营、谢庄、街西，以及黄墩魏场、柳湖等地的骆马湖移民，原迁地都在宿迁运河以东地区。他们都在1958年4月到迁入地盖房，认领安置点，因此临时改迁的设想，也得到了证实。

四月补

4月，要做的事，还有很多。

第一，趁着时令，要完成县委2月份部署的栽山芋任务。毕竟，正式迁入之后，口粮问题是头等大事。

县委的要求是，每人一亩。据《曹集乡志》记载：

> 春 响应县委"山芋挂帅"号召，扩大山芋面积，大力推广温床育苗、深翻施肥、高垄双行、密植早栽、水平插栽等一整套新技术，争取山芋高产，解决口粮问题，为大面积种植水稻做准备。据公社党委的年终专题报告，全社1.9万亩山芋，平均亩产1016公斤。

曹集作为骆马湖移民迁入的大乡，1958年春天在曹集大地上温床育苗、深翻施肥的劳动者，必定有骆马湖人的身影。全社收获的1.9万亩山芋中，也必定有骆马湖人的收获。

骆马湖人在曹集的安置点是最多的：新河、三河、快乐，以及1958年尚未分给新庄的前进、朱圩、城上。1958年春天之前，这些地方人烟稀少。1958年春天，有来自骆马湖的近万准移民来到这块陌生且遥远的土地。他们在这个春天，给这块陌生的土地带来了无限生机。

第二，是建房。县委的计划是每户两间。房料、草料、芦苇等盖房所需物资，可以直接到移民蓄水办事处去领。这些物资，移民蓄水办事处已经备好备足。

建房是大事。正如一份拟就于4月27日的文件《宿迁县骆马湖蓄水移民办事处关于在移民建房、生产中开展节约运动的意见》所说的那样：

> 目前建房，事在必办，是确定麦后搬家顺利与否的关键问题之一，也是移民工作中重要一环。如果麦前不能如期完成建房任务，必然为麦后搬家带来不可估量的损失和极大的困难。

第三，完善和健全移民办事机构的体系。有了健全的体系，"头颅""躯干""四肢"方得自由，上可传，下可达，政令行止，皆由己出。任务分配，协调工作，具体落实，都要有一个庞大的体系。体系健全了，分工的同时，也便于统一思想。

一句话，3月的移民办事处还只是"头颅"，只是将帅营，要想完成以后的任务，还必须有兵可调，有卒可遣。

我在姚耿荣先生的几份报告中，找到了他对移民办事机构的体系的设计设想：

> 在迁出乡成立移民委员会，迁入乡成立移民安家委员会。
> 另在迁出社成立移民小组，迁入社成立移民安家小组。
> 这两个乡委员会和两个社小组，由移民委员会垂直领导，上传下达，任务划分。
> 两个乡委员会的具体人员配置为5—7人，具体负责人为相关乡乡长。两个社小组的人员配置为7—11人，具体负责人为社支部书记。
> 同时，迁出乡根据迁出社的多少，还要派遣一定的乡干部入社指导、督查。领会精神。
> 迁入乡也要有专职乡干部负责领导，在各自的乡、社、队、组再细分任务，具体分工，包干到底。（整理自移民办事处《宿迁县骆马湖蓄水移民办事处关于在移民建房、生产中开展增产节约运动的意见》）

机构健全了，各个关节打通了，移民办事处发出的声音，就可以被听到。"头颅"可以向"躯干""四肢"发出指令。"身体""四肢"按着指令行事，落到实处。

> 迁出乡做好物资准备和人员组织，陆圩乡每个队做好三个土基模、做好号牌，以便到达新地方用……
> 迁入乡，安插工作基本做好，如关庙乡对新宅基、生产地都插上了号牌，找好了房子，保证到时有屋住，有宅基盖屋，有地打山芋沟。

如此，移民搬家准备工作，可以有条不紊进行；移民办事处的人安坐不动，调兵遣将，多多益善。

4月大事记，不妨补录如下：

  其一，本县安置的具体规划出台。
  其二，动员并安排民工到安置点盖屋和栽山芋，向安置点搬运耕畜、农具、草料、农肥。
  其三，在迁出乡成立移民委员会，在迁入乡成立移民安家委员会。

五 月

5月1日召开了有关乡移民干部会议。会议要求各有关乡移民干部，继续统一思想，加强工作，并做出具体要求：乡干部做到同吃、同住……运输要有专人负责……以便尽快完成4月安排的种山芋、建房等任务。

据姚耿荣1958年5月10日的一份移民工作简报记录：

  从4月20日到工开始建房生产，迁出乡已经全部行动。
  截至5月8日，民工实到8852人，盖好屋50间，打好墙未盖1609间，正在打墙739间，已挖好山芋沟70亩，运木料8271根，草7100担，肥料2042担。

除了源源不断地从骆马湖运来木料、草、肥料，骆马湖人此时还在迁入地打井，自行解决喝水的问题。打土井若干。

据此可知，5月，远离家乡的骆马湖人是多么忙碌。他们在陌生的土地上打起了一道道土墙，盖起了一栋栋土房子，挖好一条条山芋沟，栽下一棵棵山芋苗。

有8871根来自骆马湖的木料，落在了5月异乡的土地上。它们为骆马湖人撑起一间间房子。

有7100担来自骆马湖的草料，落在了5月异乡的土地上。它们将长久地留在这里，作为牲口的粮食。

有2042担来自骆马湖的肥料，落在了5月异乡的土地上。它们将被浅埋，先一步与这里的泥土和解。

……

他们在陌生的土地上创造了一片繁荣景象。他们在这块迥异于故乡的土地上，种下希望的种子。

截至5月底，骆马湖准移民最后在运东的来龙、侍岭、曹集、关庙等地，一共盖了3000多间房屋。这3000多间房屋中，有一小部分房子，是准移民干部拆了自己在骆马湖的房子，自己推着平板车到这边盖的，以示决心。

六　月

6月，长在骆马湖的麦子，对所有骆马湖人发出呼喊。

到安置点盖房子的民工，得放下手里的所有活儿，无论这活儿在此刻如何紧迫，在将来如何重要，都要为割麦子让道。麦子不等人，他们得无条件返回。

蔡鸿学大事记中的6月6日，我查了一下日历，这一天，是农历四月十九，二十四节气中的芒种。芒种时节，开镰抢收，正是宿迁地区"夏收、夏种、夏管"的"三夏"大忙时节。

骆马湖民谚:"芒种茫茫稞,夏至无一稞。"(高喜年,88岁)

骆马湖民谣:"三麦成熟,黄金铺地;老少弯腰,不遭一粒。"(张汉帮,85岁)

这些民谚、民谣都是在说骆马湖芒种的情景。

据蔡鸿学的五弟蔡鸿章回忆:

> 骆马湖人说:"收青麦,吃白面;收青黍,虾扯蛋。"麦子青头,是实心,能吃。小蜀黍,青头,里面是稀水,吃不了。
>
> 所以,骆马湖人割麦子,是三天青,三天好,三天熟。
>
> 由于地广人稀,劳力有限,所以也不能等到黄熟时才割。麦子成熟,不过五六天。贻误收割,麦穗掉头,豌豆掉角,势必造成损失。
>
> 我们要提前六天开镰。此时,麦子还青着,等割了三天,麦子就有八九成熟了。再来三天,麦子已经熟透,该掉头了,可此时麦子割完了。
>
> 所以,每年这个时候,骆马湖人都要抢收,名副其实的抢收,与天夺时,风雨无阻,家无闲人,人人上阵。
>
> 我兄弟五个,家里有百亩地,忙不过来。老大教书,私塾,有二三十个学生,成天背书,背出来了才教你,背不出来就打。老三、老四念书。我是老五,七八岁就牵牛绳,套车,下湖。地又离得远,八九里路还多一点。根本忙不过来,这个时候,就只能雇人。

芒种时节,到骆马湖帮忙割麦,早已成为运河南岸百姓的临时职业。

一年一年，他们仿佛候鸟一样，遵循节令而来。天未亮时，他们就聚于附近集市，三五成群，或蹲或立，等待雇佣。有需要的人家，上来询问。两三句交代之后，带人下湖劳作。

骆马湖人割麦子有小镰刀、大镰刀之分，也称单垄刀、二垄刀。小镰刀能割一垄，大镰刀能割两垄。由此也可以想见镰刀的大小。

除了镰刀，还有用大刀、麦绰子的。麦绰子，就是钐刀，又叫掠子，刀身如簸箕，边有把手，用时需要两手并用，一天一人能割六七亩地，效率很高。

来骆马湖割麦子的人，工具大都是自己带。他们干活不惜力，口碑很好。工钱一天一结或者完工一起结算。要粮食的，割十捆给一捆，骆马湖称之为"数个子"；要现钱的，或以亩论，或以天计。价格都是明的。他们白天干活，自备干粮；晚上搭起帐篷，留宿麦地。夜深人静，星空如盖，帐篷绵延很远，鼾声雷动。

骆马湖人的麦田，离自己的住宅也很远，少则二三里，多则七八里。当地人有时连夜奋战，无暇回去，便也睡在了湖区内。

骆马湖人运庄稼有自己的特点。因为路远，肩挑是不现实的，土车运又耗时，大部分都是用牛拉。骆马湖的牛车种类很多，有两轮压脖子车，有长8尺的小车，有长一丈二的木三轮，还有四轱辘大车。大车一趟能拉两三亩地庄稼。赶车的人赶牛喊号子，声震数里，抑扬顿挫。

六月补

1958年这一年芒种抢收，是骆马湖人最后一次抢收。是时，县委组织了4万人一起支援骆马湖,声势浩大,上下齐动。

先是,县委书记李柏亲自赶往鸵头等地,行走乡间,察看麦子的成熟情况。

再有,在湖东的直河乡三场成立夏收抢收指挥部,副县长郑尊富任总指挥。

副县长徐农带领县机关的干部,北上支援骆马湖夏收。

县粮食局发放麻袋。

……

当时,蔡鸿学、张明中也在应战之列。

已在县团委工作的蔡鸿学,这个时段里,一直在骆马湖抢收现场,没有离开过。

蔡鸿学在指挥部负责办报,鼓舞士气。他办的报纸就是《夏收快报》,土纸,油印,一开两面,一共办了6期。蔡老一人包办了所有工作:采访、撰稿、排版、刻钢板、印刷……

在县委办公室工作的张明中,也不清闲,他的任务是陪同省委宣传部来的导演张光农拍摄抢收纪录片。

据张明中回忆:

> 张光农,广西人,外省借来的。当时我负责陪他,坐在摩托上,顺着骆马湖平坦的官道,在麦地里穿梭,大半个湖都看了。
>
> 摩托是进口的,匈牙利的。我领着他。当然说得热闹,可我也不会开,都是办事员在开。
>
> 张光农当时还背着摄影器材。
>
> 他来的时候,动静比较大,和他一起来的,还有省××团导演王峰,以及另外两个女演员。最初,有一套拍摄方案,还给女演员设计了动作。可到了现场,

临时觉得没有必要,他便让导演和演员回去了。

后来的影片大都由张光农拍摄。

有一个镜头是在宿迁闸上:劳动人民戴着草帽,拿着镰刀,背着行李……我记得清楚,为了这个镜头,张光农趴在树上,歪歪扭扭地调整姿势……树,就在闸北头,好大的一棵树……那个镜头里有一两百人,浩浩荡荡地向趴在树上的张光农走去。

还有一个镜头,是皂河镇书记董绪荣带着乡里几十个壮劳力挑灯夜战的画面,当时准备了七八盏汽油灯,汽油充足,亮如白昼。镜头对准了干劲十足、争分夺秒的壮劳力,效果很好。

此外,还拍了牛、驴拉着石磙子脱粒的画面——一个十几亩大的场,七八个石磙子,一起滚动。

运麦子的画面——三头壮牛拉着骆马湖大车,很平稳,麦垛子超过了三米。

指挥部画面——一间临时搭建的棚子,立在空出来的土地上,总指挥是县委副书记郑尊富。

……

当时我和张光农就住在抢收指挥部。

一个星期以后,拍摄任务完成,张光农跟李柏书记汇报之后,便带着摄影工具和影片回省里去了。

临走时,影片的名字还没起。

后来省里定的名字叫《支援骆马湖》,类型是新闻纪录片。时间在12分钟左右,绝不超过15分钟。

片子做好,我们县里第一个拿来放。满湖的粮食,满湖的劳动者,骆马湖就是天然的粮仓。观看的人很多。那时候电影少,而以影像的方式记录自己身边的事更少，所以很新奇，大家印象都很深刻。

此纪录片由江苏省档案馆存档。据查，至少在2004年之前，它还有在馆的记录。

一篇名为《生动再现的历史画面——江苏省档案馆馆藏35毫米影片档案》的文章也提到了它在馆的信息。该文发在2004年第8期的《档案与建设》"史海探迹"栏，页码33—34，作者郑青，单位江苏省档案馆。但，十五年后的2019年，我到省档案馆，却没找到它，且无任何在馆信息。可惜。

它是骆马湖作为数万人的故乡存在过的唯一的一份影像证据。

它忠实地为我们留下了那个遥远而又清晰的骆马湖。

它是数万人的家园。

它不神秘。

希望它没有被破坏。

七 月

骆马湖原是个季节性湖泊，每年6月底7月初来水，农历八月十五之后水退。水一退，平地重现。

编撰于1959年10月的《宿迁十年史（1949—1959）》云：

> 因此土地肥沃，是一个盛产三麦的粮仓。但由于湖地失修和国民党反动派的破坏，解放后在党的关怀下，虽尽了很大努力，山洪依然严重地威胁人民的生命财产安全……每年麦收刚刚结束，汹涌的山洪便倾泻下来形成一片汪洋。如汛期提前，甚至连成熟的麦

子也收不上来，便成为严重的饥荒……湖里的村庄，像大海里的沙岛一样，随时有可能被吞噬。

在骆马湖，一年之中大部分时间，官道行人，田间走牛，秋冬一片光亮亮的泥土，春夏一片浓密密的植被，并无水。

骆马湖原本低洼，水从西北沂蒙山而来，是个盛水的容器。但水有来，亦有去，常年如此，遂成规律。所以，骆马湖人称水为客水。

中华人民共和国成立后，为防客水来犯，保一方平安，骆马湖的宅子，普遍垫至23—24米之高。客水在时，人行水上，宅如岛屿，星散湖中。客水退去，人在湖底，宅子林立，一如群峰。

骆马湖宅子高，但不陡，金字塔一样，底座稳稳的。人顺宅底，围着宅子腰身，或"S"形螺旋开道，或"之"字形粗线开路上宅。宅上有圩沟，有土庙，有人家，有茂密的树。人家有前屋，有堂屋，有偏屋，有牛棚。人家集中，屋舍俨然。

骆马湖只有少数的新宅子有过规划，屋舍横平竖直，排列有序。大多数的老宅，大小杂聚，杂乱无章。究其原因，不过是骆马湖人根在湖外，祖上来骆马湖种地，混穷，不过讨个生活。因来人有先后，所以随意落户安家，本没有什么规划。

骆马湖宅下有场，兼种青货。运粮打粮，少数在宅子顶，大多数在宅子半山腰。麦子在社场打完，肩扛手扶，负重上宅。

麦地离宅子更远，在宅子之外，蔡鸿学回忆：

> 湖内人口分布不均，人均耕种面积亦不同，西部人均四五亩，中部七八亩，东部直河乡人均有10亩。人家离田地普遍在一二里路，远的乃至七八里路。

哪一年，倘若麦子尚未收齐，客水已到，便是灾难。"天地不仁，以万物为刍狗。"麦子成熟只五六天，不给你多余时间。收割、运输、打粮，哪个都是实打实的苦活。骆马湖一年只一季麦子，错收一季，一年白忙，于是只能与客水争夺时间。蔡鸿学说：

  我记得有一年，麦子刚收，山东客水来袭，我们都是在水中捞麦子。水深二尺左右，没有办法，只能掐麦穗头，出现了"鱼游麦棵里，船行麦梢上"的奇景。也有人乐观，割麦之余，不误用刀砍鱼。大多数人揪心粮食以及以后生活。

也有天时干旱、客水不来的情况，这一年，骆马湖便可得两季收成，湖人称之为"通收"，当然这是极少的。更多的时候，客水汹涌，一季麦子收割之后，骆马湖人便没有心理负担了，整天轻松应对生活。

新粮入仓，泛舟赶集。水虽凶猛，但与高宅之上的日子无犯，相看两不厌。

七月补

有时，不仅无犯，不仅不厌，宅边钓虾，门前捉鱼，还给百无聊赖的生活增了不少情趣。据周继明回忆：

  我那社场在半山腰。
  那时候粮食很多，没有机械化，全部靠人力畜力。麦子割回家，牛拉碌碡打场。小孩子也是半个劳力，跟着赶牛，打盹睡是常事。

打麦子，现在用机器吹，那时，都用手扬。没有风，就扬不干净。等到客水一来，麦糠轻上扬，麦粒实者下沉。

糠底下，全是粮食。

我父亲觉得可惜，叫我拉个布桶，带个罩子去跟鱼嘴抢粮食。布桶系个绳子，绳子用嘴含住，凫到场下位置之后，松开绳子，一猛子下去，拾水下的麦子。麦子不少，一次半布桶，带来喂猪。那麦粒都泡得胀胀的。更多的麦子是捡不回来的，都被骆马湖里的鱼吃了。

骆马湖的鱼吃小麦，都胖，头都肥肥的。那鱼好吃。熬骆马湖鱼，根本不用油，放点辣子，表面一层都是油。它毕竟也是吃粮食长的。

客水来了，我们赶集，都是坐船，那时候队队有船。赶新沂、赶新甸子、赶梨园，这边是晓店、皂河、窑湾，买青货、买零嘴。

骆马湖一来水，没有地，都是水。不出去，待在宅子上只能听着浪拍打宅子的声音，嘭，嘭，水都溅到院子里了。

当然，也有外地驶船来卖东西的。一艘小船，不是船，就是个小筏子。我记事的时候，有外地来卖西瓜的，客水来时，正是天热的时节嘛。

一逢集了，队里的船都去赶集了。我们孩子都朝水里钻，也帮着大人做事情，主要是护宅子。尤其是住在宅子边的人家，赶早用布垫子挡着宅沿。

那一天，我一早起来推磨，看到西头五姐，用挡宅沿的布捞虾子，一捞一布兜，远远地，就能听见布兜里虾子啪啪乱跳，啪啪直响，都是大青虾。

我也就照猫画虎，有样学样。也支个布兜，嚼两口煎饼，吐在布兜里。只过一晌，去提，一下子全是虾。

宅边，还有钓鱼的。鱼太多，晒成鱼干。骆马湖鱼多到什么地步呢，多到挑嘴，骆马湖人不吃无鳞鱼，什么黄鳝、白鳝、黑鱼、戈鱼都没有人要，逮到都横（扔）。我们只要草鱼、鲤鱼，又肥又大。

在我长达三年的采访中，周继明先生的讲述曾让我无限神往，思绪一如阳光下跳跃的虾子。所以，一提到客水，一想起骆马湖湖里的生活，便不由得想到了他，想到了支着布兜、嚼着煎饼的少年。

这是一个少年眼中的骆马湖的生活，其实也是数万骆马湖人的生活。

水来水去，时节有序，也都有趣。

1958年的这一次客水来得也迟，湖中的麦子颗粒归仓；宅上的麦草成堆堆好，一切都停停当当。七月突降大雨，风雨交加，客水汹涌而至。只是，这一次客水，是反客为主。骆马湖人将永久地腾出地方来，让客水住下。

骆马湖人客居他处。

七月又补

我对运东地区的移民采访，主要集中在2019年。从这一年5月开始，一直延续到年尾。5月11日，访来龙太平村；5月18日，访新庄前进；5月25日，专访蔡鸿学；5月26日，二访蔡鸿学；

6月2日，三访蔡鸿学（复印骆马湖档案材料）；6月9日，访双庄支口九龙；6月13日，访新庄太和平；6月18日，访保安永胜；7月2日；访双庄支口九龙二队、三队；7月3日，访新庄前进；7月5日，访曹集快乐；7月6日，访杨河滩；7月7日，访曹集冒店；7月9日，访来龙耿陈；9月7日，访曹集新河；9月22日，访曹集三河；10月3日，访曹集肖墩；10月4日，访来龙长安；10月5日，专访丁超明；10月17日，访来龙长安八、九队，五访蔡鸿学；10月20日，访周凤春，访新庄太和平；10月27日，访新庄朱圩二、六组；11月3日，访新庄朱圩三、五组；11月9日，访杨河滩；11月10日，访杨河滩；11月16日、23日，访新庄城上；11月24日、12月1日，访来龙民主张宅；12月2日，访曹集团结；12月21日，访陆集罗湖四组、叶店三队；12月22日，访陆集大寺。

这段时间，除了侍岭的大墩、井头的杨宅、许庄和晓店的王沟、青墩8组没有访问，其他都去了。

我在采访中发现，他们的搬家日期都集中在农历的六月——"六月初""六月六""六月十二""六月十三""六月十四""六月二十二""六月二十七"等等。

后来我查看了一下日历，1958年农历六月初一，正是1958年7月16日，也就是蔡鸿学在7月大事记中写下的那个正式搬家日期。

7月16日，是骆马湖移民史上是最特别的日子。这一天之后，骆马湖人开始了大迁移。

此外，我在《宿迁十年史（1949—1959）》中发现，7月16日，也是宿迁大控制闸竣工的日期。史书上，关于宿迁大控制闸的竣工，花了很多文字描述，意义非凡：

骆马湖水库第一期施工任务的完成……闸身主要部分都是钢筋混凝土结构,工程质量相当高……宿迁大控制工程的完成,洪水再也不会像野马一样横冲直撞了。

通过来龙灌区完成灌溉体系,可以灌溉下游万顷良田。

骆马湖再也不是年年防汛抢险之地了。它不单是一个湖波潋滟、风景优美的游览胜地,更具有重要的经济价值,为大力发展渔业、副业和交通事业提供了最为有利的条件,对改变农村贫困面貌,推动生产力的发展,将起决定性作用。

这里所描绘的骆马湖图景,已经跟宿迁粮仓无关,跟几万人的家园无关。

骆马湖已经彻底改变。

1959年,离1958年7月16日,不过5个月零15天而已。

附录（采访录音摘录）：

声　音

　　话经三张嘴，长虫也长腿。那时候，信息传递不像现在，都是人在传，天南地北，有鼻子有眼的。我记得那时候有一个谣儿，唱道："走大街，串小巷；二月二，到西藏。"传言说我们骆马湖移民要迁到西藏去。连这个都有人信。真是传言满天飞。

——姜德亮，84 岁，保安永胜

　　1958 年，我们乡指导员叫项桂生。他是负责动员的，给我们开会，说搬家的好处。前一年，我们那里人，说搬哪里的都有。我那时听说，起初动员向北大荒去，向黑龙江去。要不是法院院长姚耿荣来主持，说不定就去了。姚老是骆马湖人，他说不能去，所以就没去成。他叫直接向本地搬……说什么都有，有鼻子有眼的。

——吴绪桥，80 岁，皂河金庄

　　搬家之前，已经造舆论了。俺这边人，都是跟着张俊迎来的。我就记得，他天天开动员会，时间又不长，无外乎夸这边好，说这边好啊，这边是鱼米之乡，将来家家都是鲤鱼汤泡大米干饭。现在是大米干饭吃上了。放在这会儿，是不假的。

——胡霞美，80 岁，保安永胜

　　我们这边宣传的时候，是请戏班子来的，柳琴戏。我们皂河这边就听柳琴戏，戏班子自己编的词，说运东如何好，说搬家的意义，晓之以理，动之以情。戏班子唱了不少场。

——施文生，80 岁，皂河龙岗

在湖里的时候，大人小孩都传话，说这边好，怎么好呢，烧锅都不用锅盖子，直接用红薯干盖。这是骗人的，意思说是红薯干有锅盖那么大。

——王通翠，78岁，新庄城上

1958年上半年，我来这边盖屋，具体哪一天不记得，四五月份吧。一同来的有10个人。我们先盖的不是自己的屋，而是生产队的屋。房料都是县里拨给我们的，竹竿子、麦穰子。那时候，国家也困难，给那麦穰子，人要烧，牛要吃，还要盖屋。最后没盖几间，又回去收小麦了。

——张家山，83岁，保安永胜

我家老头那时候是乡助理，叫唐文友。春天里，他带队，到来龙西南高圩子盖屋的。什么草啊，棒啊，都向那边拖。牛也去，人也去，到过麦时，才回来。

——赵淑贞，92岁，双庄九龙

早先是2月里去来龙盖屋。一直到小麦快要收的时候，才回来了。回来搞预算，估产。在来龙一人6亩地，都分好了。但那边地不好，又遇连阴雨天，盖好的房子都倒了。我写报告给淮阴，才回来。我们九龙村的人都回来了，那边没留一个人。

——陈家章，92岁，双庄九龙

我那时小，最后一年抢收，还能记得。我那时抱着小麦捆子，向宅子上爬。那时候不像现在这样金贵，个头也不高，只跟麦捆子一样高，这样也能歪歪扭扭，咬咬牙，上宅子。那一年粮食多啊。

——王学坤，75岁，来龙张宅

搬家那一年吧,黄河南岸(人)来湖里买粪。那时候家家都有,骆马湖人富裕些,但也有会过日子的,把晒干的牛粪囤起来,等黄河南岸的人来买。一堆多少钱,也不记得了。反正最后那一家没卖,最后,都被大水冲走了,一湖面干牛屎。

——韩春美,78 岁,来龙张宅

涨水的时候,长虫多,平时见的少,一来水,就浮在水上。我们小孩子,以为是哪里飘来的木头,游过去一看,原来是长虫,是大蟒。吓得头皮发麻,游到没有知觉。水也涨得快,鬼都能给淹喊话。

——牛文启,75 岁,新庄城上

临搬家时,家家主妇都烙煎饼,劳力一大早起来推磨。骆马湖人用的鏊子,都是新沂汤庄的。鏊子的尺寸大,一斤面糊子,3 张煎饼。那时候,一次磨两天,几乎天天拉磨。

——赵花荣,90 岁,保安永胜

俺对面张,3 个庄一个大汪,沟东一个庄子,沟西两个张庄。一开始是搬到关庙泰山的,就盖几间屋。我们对面张有三家人,是拆了自己屋过去盖的。一个叫张一朋,在收麦之前,就在泰山盖好屋。后来,在这边听说不去来龙那边了,张一朋连屋都扔了,不要了。

——张西恒,85 岁,柳湖新宅

一开始我们是搬到关庙的,各队人抽几户去盖房子。搬家的时候,那边有我们的房子,但我们后来都没去住,不愿意去,太远了。俺那时小,听人说,是张文生把我们弄回来的。张文生是县里的干部，是俺长胜人。

——王方云，80岁，皂河谢庄

4月份，我就到侍岭盖房子，那时我16岁，我的工作是到移民办公室去领房料。我们大庄社的在朱岭要盖多少房子，房子要多少草、多少芦秸、多少木板、多少杈股、多少梁头，社里给我清单，我拿了清单，去领，就这么简单。当时，骆马湖移民办公室就在宿迁节制闸和宿迁大闸之间的空滩上，负责人叫戴新连。

——许自华，78岁，双庄白堡

1958年2月（阴历），就来盖屋，我来的。盖了一春天的屋，最后也只盖了九间屋，（或者）十间屋。后来，就回去逮虫子了。那时候，小麦没有药，就靠人海战术。人人到地里去，挎着洋盆，从地头站成一排，齐齐向里头去，一早上都能捉两三斤。这个小肉虫，青色的，可恨，专吃穗头。少的捏，多的用手一捋，青虫啪啪掉，粮食被它糟蹋得可怜。

——罗恩栋，83岁，新庄前进

第三章　在杨河滩

骆马湖搬家工作在麦收前，已做出了一些成绩。麦收将近结束时，我们即拟好计划，做好布置。但在将要行动时，（计划）又被阴雨天所破坏，不得不搁置下来。现在（报告日期为1958年7月6日）湖内正在蓄水（水位已达22.3米），得快速突击。洪水再大，势必造成无法估计的损失。为此，我们意见：根据当前水势情况，先搬陆圩乡东部7个社以及皂河乡5个社、直河乡5个社。具体做法是：先搬粮草牲畜，后运生产工具和生活用具。湖内社先将草料人畜搬到杨河滩上，而后往东搬运。邻运河大堤的社直接搬往搬迁地，不需要在中途卸载。

——姚耿荣《骆马湖移民工作报告》

出 列

　　名单上那个打了问号的名字，最终被蔡鸿学点了出来，更正为周凤春，原陆圩乡妇联主任，1958年3月调入陆圩。

　　周凤春的地址和联系方式也是蔡老提供给我的。我去拜访周凤春的时候，才发现之前好几次采访都在她家附近。说不定那时我们就曾迎面相遇，只是对面不识而已。

　　周凤春调任陆圩乡之前，在宿城百货公司工作——一份不算清闲但简单、不受风吹日晒的工作。至于为什么调她，她当时也不清楚。事后猜测，可能因为她是骆马湖人，乡里乡亲，有情感基础，好说话，好做工作。

　　当组织真点到了她的名时，即使彼时如何不清楚，如何没准备好，她也必须在第一时间大声喊"到"，并迅速出列。

　　从1958年7月上旬到9月下旬，周凤春在杨河滩一共待了五十多天，几乎一整个夏天。

　　这是一个让人难忘的夏天。

　　周凤春白天忙着工作，千头万绪，疲惫不堪，所有的时间都泡在了杨河滩。晚上，她一个女同志，和其他男同志一样，自己去杨河滩附近的人家，找屋，借住。

　　那个时候，杨河滩还在西头，离六塘河没这么近。沿骆马湖大堤，还是一片开阔地带，没有现在的道路、人家。

　　早一批到达杨河滩的骆马湖移民，短暂停留便陆续搬走。我在新庄太和平采访到一位老人，他是第一批迁移的干部子弟。他说船一到岸，就有人过来帮忙卸东西，东西几乎没沾着杨河滩的地，就朝着安置地去了，上半天来，下半天就到……

后期随着移民工作全面展开，搬运船只增加，移民数量骤增，人和东西慢慢开始出现滞留，杨河滩附近的人家慢慢被人住满，大堤上也出现了临时搭建的山头棚。

条件越来越艰苦。没有床，只能在地上打地铺。周凤春不是"文小姐"，离"武将军"也还差着距离，但她的热情、干劲、信仰、能力和不怕苦不怕累的精神气还是很足的。

夏季多蚊虫，杨河滩夹在骆马湖和大运河之间，靠近河湖，蚊子很多。那时候，没有蚊帐，没有蚊香和杀蚊喷雾剂，就一双手与蚊虫抗衡，左摇，右招，兵来将挡……那时，人一沾着地铺，右手在虚晃一枪之后，便如没了旗子的旗杆一样，竖在空中。

白天太累了，对睡魔的入侵，周凤春已经毫无招架之力。

除了蚊子，那时候还有一种现在几乎绝迹的臭虫，此物也是以吸血为生，待人睡去，便吸血。平日里看到此物，嫌恶，多是脚踩，不曾用手。这一次，迷迷糊糊睡去，下意识寻着痛处，一巴掌下去，手心立马黏糊糊的，夜里不以为然，白天起来看时，已经风干。

周凤春是陆圩乡陆圩村人，也属于移民户。搬迁的时候，她的那个村属于陆圩三社，安置点在来龙太平。杨河滩东去来龙太平，旱路有七十余里，需要大半天的工夫才能到。

我没问她到没到过太平。

坐在她面前，我的头脑里全是她忙碌的身影，翻碟子似的脚步。我似乎能看到远处水面上的行船，行船繁星似的渐渐变大，靠近，最后靠在了岸边。从岸边数一条、两条、三条，一共上百条紧挨着。这时候，船老大便站在船上把纤绳向岸上扔，岸上有人接着，固定，把纤绳系牢。然后，他再把船上一段二三米长的跳板搭在了岸边……跳板上开始出现人，老老少少从跳板上走过，走向杨河滩更空旷的地带。

这些人有迟疑的,停在那里,原地踏步,碎碎的步子一会儿向左,一会儿向右;有慌乱的,追着前面的一群人走,走到里面,进去了又退回来,退回来又进去;还有不知所措的,跟着这个人走了一阵,又跟着另一个人走一阵。

周凤春的工作是领着这些人,找到负责搬运他们的东西的平板车。最初,上岸的人不是太多的时候,这些平板车到处都是,等到上岸的人一下子涌了上来,仿佛是落地的雀子一样,还未靠近,就已先飞。

周凤春说,开始的时候,车队每一辆车的旁边都立着一杆红色的旗子。车子从远处的土路上推来,逶迤不绝,如火如荼。

红色是血液的颜色。红色的旗子在土路上连成一串。

这是一幅忙碌的景象,嘈杂、喧闹。在7月的天气里,可以想到一条条耷拉在肩头的毛巾、一身身裸露在外的肌肉,一条条高高挽起的裤管,以及裤管下一条条结实的小腿。

从高处看,杨河滩从水陆两个方向敞开。

水路上有上百只木船,齐齐向南划,借风而行,水花飞扬,向杨河滩驶来。陆地上,有上百辆平板车,如矢飞动,尘土飞扬,速速向杨河滩驶来。

在周凤春的回忆里,行与止,远与近,水与土,慌乱与有序,聚集与流散……画面不断切换。

最后,在杨河滩,在周凤春的前方,水面和尘土迅速向后退去……船和车最终交汇在她的脚下。

其实,能采访到周凤春,于我而言意义特殊。除了她是我第一份名单里的重要一员,还有她是我三年来在近五百位移民的采访中,唯一一个可以清晰地把骆马湖移民从动员到转运讲清楚的人。

她一个人为我讲清楚了整个事件最初的每一个环节。

没有她，叙述的链条就缺一环，叙述的视角就不完整。

借着她的回忆，我可以看到更多的细节，看到更完整的开端。

工　作

周凤春说，当时分配她到城上村帮忙。城上村准移民的动员，以及转移到杨河滩之后的具体运输等问题，也由她来负责。

在此之前，她对城上村已很了解。城上村属于陆圩第四高级社，共有101户，400多人。

400多人，不少，她得主动出击，讲政策，讲大局。她得挨家挨户去说，趁着洪水尚未成灾，尚未越过警戒线。

可是大家故土难离，不管怎么说，也没用。来的时候，乡里给周凤春安排了三条船，结果她动员了两天，竟然没有一个人上船。这让她有些受挫，于是她向乡里汇报，求助。乡里很重视，请乡长马玉良挂帅，亲自到城上村动员。

马乡长的工作讲方法。周凤春说，马乡长到了城上村之后，也是主动出击。他不是一家一家去说，而是先把城上村的党员、团员、村干部聚集起来，开会动员，希望他们能发挥模范带头作用……

突破一点，带动一片。

这个方法好，至少行之有效，局面瞬间被打开了。由于干部带头，村里的人开始收拾，离开，一户接着一户，迁移的氛围有了，一个看着一个，接二连三，也都行动了起来。

为了趁热打铁，周凤春这时主动向乡里要船。

她说，第一批3条船装了30多户。第二批船就扩大到6条，多了3条，装了60多户。城上村一共100多户人家，这两个批次下来，也就所剩无几了。

剩下的几十户，面小，各个击破，再去耐心做工作。暂时想不通的，再请城上村的大队干部一起登门做工作，讲好处，晓之以理，动之以情。

周凤春说，她做了大量的思想工作，跑了无数趟，磨了无数次嘴皮子，终于打动了最后十几户，他们表示愿意上船。

自此，城上村转移工作基本完成。

接下来，乡里再次安排周凤春到杨河滩，做城上村的转运工作。她与第三批次转移的移民户坐一条船，从城上出发来到了杨河滩。

此时，骆马湖移民安置委员会为了方便工作，就设在小墩吴。周凤春完成乡里布置的任务后，便在杨河滩做接收转运工作。自此她借调到了县移民安置委员会。

当然随着湖里的宅子渐渐搬空，原本各自负责村庄转移任务的其他负责人也开始了新的人事调整。

周凤春说，此时跟她一起安排在杨河滩的，还有陆圩乡副书记刘荣桂、青年书记张明环。

刘荣桂、张明环，这两位也是我那份名单上的人。当他们的名字被周凤春说起的时候，我心里"咯噔"一下，这是我采访以来第一次听到他们的名字，也是第一次知道他们的工作内容。他们也经历了周凤春所经历的一切：包片，动员，曲折迂回，寻求方法，到杨河滩来。

在杨河滩，他们和周凤春一样，每天看着湖面近两百多条大木船，从远处的水面驶来，到近处的湖岸去。他们看湖面上的船，每天来回四趟，不曾间断的人群从岸上源源不断地向他们走来。

在杨河滩，他们和周凤春一样，把自己负责的片区移民，一户一户交给在岸上等候的有接收移民任务的乡村干部。他们要不断地确认被迁者的去处，要在嘈杂的人群中不断地提高自己的音量。

在杨河滩，他们和周凤春一样，注视着不断向前跟进的平板车队。他们有时也上去帮忙，把一个板凳放在另一个板凳上面，把一个坛子摞在另一个坛子里面，把松散的捆绳收紧，把颠簸出来的小物件放回车上。

在杨河滩，他们和周凤春一样，目送数以千计的车队调头东去。一辆车接一辆车，逶迤远去，扬起的尘土如烟腾起。

在杨河滩，他们和周凤春一样，把自己置身于7月阴晴不定的天气中，前一刻可能是炙如火炭的烈日，下一刻便下起了寒冷的骤雨。他们和周凤春一样，看到在下雨的时候人们纷纷涌向水里，在水中取暖。他们和周凤春一样，看到那些把自己置身于空旷河堤上的人们，在烈日和骤雨中，无处躲藏。他们和周凤春一样，在奔跑的人群中，时时注意着可能出现的突发状况……

这是一项头绪纷杂的工作，涉及几万人的迁移转运。所有的突发情况都可能会出现，他们要把工作做细。当然问题来了，他们也要冲上去。

周凤春说："在大迁移中，出人意料的事情发生了，船到杨河滩有妇女恰巧在这时生孩子。怎么办？我是妇联主任，有责任管这事。没有好的办法，在小黍地，用芦席圈起来，找来接生婆接生。待到母子平安后，安排在移民平板车上，用被子包好后送往安置点。"

我在后来的采访中才知道，周凤春在做转运工作的两个月里，至少有3位产妇在杨河滩生产，一个是书院场的，一个吴宅子的，还有一个是城上的。我最终也采访到了其中的一位产妇，她现在已经82岁，孩子的小名，正和出生地杨河滩有关。

周凤春说："阴天下雨，搬家工作雪上加霜，难上加难。两百多条船装满移民的妻儿老小、家具、牲畜以及粮食、农副产品，到了杨河滩都卸在大堤上。大雨不停，移民们用席搭起棚子，临时避雨。有的躲在大床底下。"

周凤春说："平板车队，对号入座，船一到杨河滩，安置点的车队就跟上，拉着老人、小孩、家具等直奔来龙等地而去。从杨河滩奔向来龙这条主干道上，平板车和小车一辆接着一辆，涌向各个移民点。进入临时搭建的棚子里，埋锅做饭，安排生活。雨天由于路泥泞，家具笨重，如磨、缸、坛、牛槽，大车无法运走，全部丢在路旁，光磨就有上千盘。后来天晴了，路好了，又想法子运到安置点，恢复了正常生活。"

……

陆圩乡完成骆马湖人民大迁移之后，乡里在杨河滩召开最后一次会议，总结经验教训。周凤春被调往蔡集乡，继续做妇女工作，任蔡集乡妇联主任。

家　什

有一段时间我比较好奇，从杨河滩下来之后，移民都带了些什么。于是我把这个问题当作采访中必问的问题。

他们说，因人而异，会过日子的人家，石磨、大席、床、犁、耙、耩子等等，一样不落都带着；不会过日子的人家什么也不要，光腚一人。

石磨、大席、床与吃饭睡觉有关，是为眼前计。犁、耙、耩子，耕种劳作，干活的家什，为将来计。

彼时，他们还没见识到老岗坚硬如铁的土地。这些最后只能任其烂去，当柴烧掉的农具，现在还宝贝一样地收着，寄托着希望。

听说，也有带煎饼的。煎饼的气味很诱人。当他们暂歇在封闭的船舱里，这是眼前的希望。在船舱里，这家主妇一定很累，她天没亮就起来，坐在前屋当中，一直烙到木船靠宅。一摞一摞的煎饼，放在锅箅上，晾凉、对折、叠好，一丝不苟，井然有序，包在了纱布里。

鏊子，必然也有带的。骆马湖人用的鏊子都是新沂南涧的阔鏊，一米二见宽，一盆糊子三张半煎饼。

也有带炒面的，也是赶早炒好，焦黄焦黄的，装在窄口黝黑的罐子里，饿了，抓上一把，兑水冲食。

也有带小鸡小鸭的。没有笼子，没有口袋，一段粗布条系着它们的双腿，没精打采地歪在那里。

也有带门带窗的。这些人家有个精细的主妇，懂得细水长流，是能打算、会过日子的少数。

也有带棒带棍带雨布的。这些人家有个周全的老人，懂得出门的难处，下意识地把难处想在头里。

也有带桌椅板凳的。无论明天在哪儿，无论下一刻停在何处，一间房子，无论新旧、好坏，桌椅板凳和人一一就位了，就有了日子的声响，有了家的样子。让我感动的是，这些曾经堆放在船舱中的桌椅板凳，有几张在60多年后的乡村依然在使用。它们油亮黢黑，老态龙钟，尚未全朽，陪着一代离乡人安静老去……作为一种见证，它们现在被我留存于手机，以照片的方式永存。

还有带砖的，小青砖。所带的砖的数量，又绝对没到能够盖一栋房子的地步。它们是稀罕物，堆放在偌大的船舱里，黑咕隆咚，坚硬铿锵。我不知道带着它们干什么用，我也忘了问这些小青砖最后的下落，是垫了屋基，盖了鸡舍，还是直接丢在了哪里？我知道，它们很难风化的，很难对风雨和时间妥协。

还有带水缸的，带坛坛罐罐的。这些都是些易碎品，需要轻拿轻放，需要人细心照看。它们在颠簸和流离中，是否能保存完好？

其他的，碗碗筷筷，零零碎碎，探向日子最柔软处的家什，横七竖八，杂乱无章……也都带在了身旁。

它们曾经作为家的一部分。

调入骆马湖的船，有大有小，大的据说有10吨，小的只有吨把。但无论船大船小，船舱里有人也有物，弥漫着一种熟悉又混杂的味道。

船开之后，它们驶向杨河滩。老宅，成了身后的另一个岸。老宅上的一切，想带的，愿意带的，都带到了船舱，带在了身边。这是属于自己的全部。过去的生活，由它们拼接组合而成，相互接济。以后的生活还是靠它们。它们凌乱、蜷缩，像是一只只缩骨的雨伞，一旦重新打开，无论身处哪里，都是遮风挡雨的地。

也有人家带牛的。

骆马湖人，用牛耕地，没有入社的牛，还自己带着。这牛不能进船舱，得在外面，身体浸在水里，头绑在船尾或船身，被船拖着走。陆地上，高高壮壮的一头大黄牛，是一堵可移动的墙，而拴在船尾或船身，就只剩下一张笆斗大的脸。脸上的鼻孔和沾水的秤砣一样黑、一样亮，奋力张着；两只眼睛，石头一样润、一样硬，无辜地看天。

我是在后来整理录音的时候，才发现这一张张牛脸。录音机里的声音一直断断续续地讲述时，这张牛脸，忽然像是一个大大的特写，闯进来，清晰、巨大，出现在我的眼前。它的身体浸在水里，笨重的身体被船拖着，乘风破浪。

这张脸上，有另一个视角、另一副表情。这颗脑袋里，藏着另一种语言、另一种叙述。但无论什么样的语言、什么样的叙述，它和船舱里的人们，同属于一个故事，它们的去处也是杨河滩。

在木船搁浅岸边的时候，它们的脚陷在泥里，被鞭赶上岸。它们的身影还会出现在之后的生活里，出现在另外几个章节中。

现在，船行水上的时候，我关心的是另一个问题：它们要走多久，在水里要泡多久。

一条水路，从三场到杨河滩有 28 里的直线距离；从陆圩出发，有 30 余里；从城上出发，有 34 里；从戴场出发，有 40 里；从张场出发，有 50 里；从仇场出发，有 52 里路。

夏日多风，西北风还好，顺风顺水。要是遇着暴雨，刮起东南风，船速必然会受阻，它们必然要在水里待得更久。它们会不会急躁，会不会闹脾气，会不会大声哞叫？

雨落鼻孔的滋味，一定不好受。长伸着的脖子，一定很吃力。翘起的下巴，说不定已经麻木。尤其是在船受阻的刹那，进退僵持之际……

这些无法说话的牲口，在雨里，在风里，在起伏的浪尖，在颠簸的木船旁，一起起伏，一起颠簸，默默忍受。

行　船

一开始，对人要在船上待一个白天，或者一白天加一个黑夜的说法，我是心存疑问的。因为，按最远的张场计算，即使是木船，三桅三篷，10 吨，船速若能保持在 4 节，每小时 7.2 公里，50 里，也就三四个小时便到。再慢一点，船速在 3 节，每小时 5.5 公里，50 里路，也就四五个小时。遇到风阻，再迟两三个小时，也不会出现从天亮出发到天黑抵达的说法。何况搬家时在夏日，夏日白昼时长。1958 年 7 月 16，阴历是 6 月 30，小暑日，后 9 天。小暑日的白昼时间，通常在 13 个小时左右……还有，那时候已经有机械船……

当然，这是理性的算法和推测，尽管不近人情，但有数字，有逻辑，应该有信服力。可是，对于亲历者而言，不存在理性与非理性，只有发生没发生，遭遇没遭遇，承受没承受。

无论是旁观者的推理，还是自以为是的理性，都与亲历者的真实遭遇相差甚远。差之毫厘，谬以千里。

用数字和逻辑去质疑别人真实的遭遇，或分析别人亲历的苦难，是不道德的。

道德是什么？道德，就是近人情。

第一个上船的人，要等第二个人，然后陪着第二个人等待第三个人……一条船能装两三家人，两三家人就有八九口。船得等所有人上齐，才能发动。这就是近人情。

从宅子里搬东西，无论大小，都得自己取舍。帮忙的人再多，也得问这个要不要，那个舍不舍。上了船来，得踩着木梯，摇摇晃晃地走进船舱，找到了自己的地方，一弯腰，一抬肩，一松手，把东西卸了。这些都花时间，都近人情。转身，爬木梯，颤颤巍巍地出船舱，再上宅子，再回船舱，还得几个来回。一个人，就两只手，能拿多少东西？这就是近人情。

再者，即使人手再多，往返再快，可人是血肉之躯不是机器，又能有多迅速？再迅速，梯子只能一个人上下。

再者，搬家，没有准点，不会按点出发，也催不得。总会有人故土难离，会有挣扎反抗，会有临时变卦，会有故意拖延，这也要考虑人情。

也有蛮横的、强搬的，杀鸡儆猴。可谁是鸡，谁是猴？更多时候，还是等待。

等一切一切停停当当，才能行船。

可是，行船之时，或许日已近午。第一个上船的人，炒面已经吃了一顿。他上船的时候，天才蒙蒙亮。他的确和别人一起，只用了半天的时间，就抵达了杨河滩，停泊靠岸。可他也确实在船舱中度过了一整天。

他是第一个,但不是少数。一条船上,有十个人上船,他是十个抵达者中的一个,也是九个等待发船者之一。

他是九个中的一个,不是少数。

他不是少数。每一次行船都有第一个。一天有两百多条木船靠宅,一天之中就有两百多个他。一天有300多条木船靠宅,便有300多个他。按一个月搬迁时间计,便有6000多个他,怎么是少数?

他不是少数。但有时他被当作少数,忽略不计,包括他的感受、他的等待、他的出发和抵达、他的天亮和天黑,都忽略不计。

他不是少数。他的感受、他的等待、他的出发和抵达、他的白天和天黑,是数以千计的人的感受,数以千计的人的等待,数以千计的人的出发和抵达,数以千计的人的白天和天黑。

他不能被省略。行船的时间,应该从他上船的那一秒算起。

他在船上待了一天,我不再怀疑。

此外,还有一个问题,也是我没有想到的,那就是路线。

理性地去想,一定是直来直去,两点之间直线最短。但,一些亲历者却偏偏告诉我,他们绕了很远。

他们从宅子出发,理应是直线南下。船却掉头西去,从鮀头入防汛口,进了大运河。然后顺大运河南下数里,过皂河东去,经龙岗乡、河北乡,到达杨河滩南,下船。这一路是得走一天一夜。

这一路不好走。此时,骆马湖水位已经涨到了防汛水位线。这个时候打开闸门,运河水和骆马湖的水位不平,两水交汇之处,势必相互吸引,相互缠绕,旋涡丛生。还有,船出发的时候,一侧有牛负重,船身并不平衡,一旦遇着旋涡,误时不算,人也相当危险。

当亲历者告诉我这些之后,我不再敢用数字去计算,不敢再用理性去验证。数字和理性一下子显得轻飘飘的。我不能再做一个旁观者，得走到他们中间，得感同身受，不能置身事外。

我得和他们一起出发。我得是第一个上船者。我得在黑暗的船舱里，吃下自己离乡之后的第一碗炒面。

我能听到外面的水声，能体察到船身系着的黄牛。它仰着脖子，不言语，但它晃一晃身体，动一动下巴，甚至眨一眨眼睛，我都能感觉到。它对船而言，是渺小的存在，但对我而言，是一起出发的同伴。它的心灵与我是相通的。

我们一起等到了最后一个上船的人，一起等到了船出发的时刻。我们朝着另一条路线出发，待在船舱里如履平地，平稳出发。

我们走在了陌生的路上。时间远远超过每个人心里预定的那个时间。不知道方向，但明显感觉到调了几个大方向，横切竖直，痕迹很重。目前，还没有出现什么意外。

但外面的天已经黑了，梯子上方的亮，已经收尽。

船是什么时候开始颠簸的，我无法判断。我一直在船舱里，只感觉到了牛的焦躁。它在呼喊，表达内心的恐惧。这个时候，船一定摇晃得更加厉害，我能想象出来。但船身摇晃带来的恐惧，我无法想象。对不曾经历过的恐惧，我无法做到感同身受。

我能想象出恐惧的声音，人恐惧的声音、牛恐惧的声音。

我能想象出使人恐惧的黑夜，使人恐惧的倾斜，使人恐惧的慌乱，使人恐惧的挣扎。

我能想象到几根拴在船帮的牛绳被快刀斩断。

我能想象到几头壮硕的牛，转瞬消失在水面。

我能想象到它们在煤气灯下的双眼，巴掌大的灯光下，黑宝石一样的眼睛，一闪而没，一下子消失在水面。

这些我都能想象到，但无法想象自己曾经历过这些。

滞 留

　　有抱怨,没有抱怨是不现实的,但更多的还是甘于忍受牺牲。他们下了船之后,船就搁浅在岸边。

　　骆马湖的地形西北高东南低,每年麦收之后,从上游来水,湖水带着大量的淤泥从西北一路向东南冲刷。湖底,原先已经耕作过的土地,不用修整,便被瞬间荡平,面貌一新。

　　一年一年,湖底仿佛是被客水揭去了一层旧皮子之后,又平铺了一层新皮一样,重新来过。

　　一年一年,湖底又仿佛乡间流水的席面,撤掉一桌面的杯盘狼藉之后,又备好了一桌丰盛的佳肴,亟待畅饮。

　　庄稼人说人勤地不懒,说的是土地的仁慈。土地不会亏待那些勤劳的人。骆马湖的土地无需人辛勤侍奉,它一味溺爱骆马湖人,反把人惯坏,惯懒。

　　骆马湖人,没遭过什么大罪。

　　上了岸,把土地交给客水,把家什搬到杨河滩,心里有抱怨是一定的。

　　再者,随着杨河滩滞留的人越来越多,等,没有立足之地;走,没有平板车借力,也是种煎熬。

　　从船舱卸下来的家什,是累赘啊,像拴在你脚边的铁石一样,牵着你,哪里也去不了。

　　原想是船到了岸,车就跟上,湖里来了一批,岸上就能拉走一批,无缝衔接。可现实是,安置点的路途太远,带的东西又太多,一辆车勉勉强强只能拉一户。

　　五十里的土路,比五十里的水路难走得多。最辛苦的还是拉车的人,无帆可张,无风可借,全靠体力。这一步一步,弯腰低头,走走复歇歇，歇歇复走走。

青壮劳力还好。孩子老人，这个闹一会儿，那个喘一会儿，一天下来，一辆车最多也就一趟，还不能来回。

再者，如有一家人在杨河滩滞留下来，在近处搭起了棚子，小住等待，便会有十家人、百家人依样支起了锅灶，歇脚……

滞留者有树靠树，有墙靠墙，有土坡靠土坡。一家风箱十家用。家无风箱，便埋锅做饭，在平地上掏出一个一个坑。

有一位受访者张广州为我描述初到杨河滩的画面：

> 河堤很高。我们爷儿俩抬着小床，沿缓坡上来，一直腰，便到了杨河滩。放眼看去，脚边一座座芦席棚子腚对着腚，蔓延开去，人没有立脚的地方。太阳偏头，正是吃饭的时候。我看到低洼处倾斜着的几座棚子，冒着一道道炊烟，狼尾巴一样，一束束的，毛茸茸，迎风摆动……

这幅堪比电影镜头的画面，让我记忆深刻。我甚至可以看到它的宁静处藏着的忙碌身影，以及焦渴的嘴巴。

吃什么呢？怎么吃呢？除了烧水，拌炒面，还有什么呢？王太兰说：

> 俺家带了锅，就在杨河滩那地上挖一个窟窿，坐上锅。锅底填了新柴，烧了点水。杨河滩最不缺水吃，那时候的水比现在清。我家的磨留在宅子上了，没带来。等炒面吃完了，就烀小麦。小麦粒，一粒粒的，不像米饭那样黏。要是头天泡好了，再烀，好一些。那时候没泡，将就着吃了，哄着肚子不饿，就好了。吃了

几顿吧,就有人来带我们,领着我们到这边了。

这是早到的人家,滞留的时间也短。
迟来者,得等他们走了,才能找到地方。再迟的,可能就没有歇脚的地方了,他们得到附近的人家去借房子安歇。再迟来的人家,连房子也借不着,只能再走数里,到井头儿寻人家。井头儿也找不到人家呢,便只能在路边等待,或者去更远的地方。李延彬说:

我到杨河滩,住不下了,那时候奶奶还有病,只能向六塘河闸那边挤。从杨河滩到六塘河一路走,人家都住满了,最后在六塘河闸住了一个月,才到了此地。刚到这儿,就下大雨,这儿也是低洼地,预备盖屋的木头都漂走了。住在六塘河怎么吃?瞎吃呗。六塘河里有水,有水就行。自己弄点,还有亲戚也送点、帮衬点。大家都这样,那时候国家也困难。用现在的说法,都体谅着点吧。

六塘河闸去杨河滩七八里路。这七八里地,路上都是人,蒜辫一样若断若续地滞留着。
那已经在杨河滩附近寻着人家的呢?他们也只是比李延彬们好过一点点而已。杨河滩附近的人家,一家都住着几家人。前屋、过道、锅房,有块能站人的地,就有人住下来。一间屋仿佛套在葡萄上的袋子一样。还嫌什么?有个遮风挡雨的地就行了。陆敬宝说:

到杨河滩,找人家住。我住这家,人很多。我没带床,有床也没地放。这人家有大车,三牯头大车,木头的轱辘,有半人高,用时需要牛拉。杨河滩人种俺骆马湖的地,用车跟俺骆马湖一样。这车宽大,把车把抬起来,车尾再压点东西,车底、车厢能住好些人。那时,俺娘就睡在车底,俺就住在车厢里,和俺一起住的还有俺村的一个同龄人,一人一头,一高一低,通腿而睡。

过不了多时,就会有人来接。所以,什么地方都能住人,什么也都住得,无所谓。

再回到杨河滩大堤,回到那些搭了临时棚子,暂住杨河滩大堤的人身上。他们是最早的一批滞留者,再忍耐一会儿,马上就可以搬离杨河滩了。王世安说:

> 我们到得早,但也等了不短的时间。我们有床。当时是大夏天,就围着河堤上的一棵树住下,连我家一共住了七家人。树是槐树。这树,80年代还在,那年我去杨河滩办事,特意去看过这棵大槐树。大槐树,长得真漂亮,高高大大,密密实实,下大雨,都不会漏的……可是,就一条,下大雨可以,不能同时刮大风,一刮大风,就漏了,泼水一样。这个时候,我们就得躲到床底下去。

夏日天气极端,暴风骤雨之后,便可能是持久暴晒。吴春寒说:

> 我们从吴场到了杨河滩,也住在树底下,只是树

不甚高。大热天，外面晒死个人啊，我家人就整天围着阴凉转。阴凉转到西边，一家人就向西挪挪屁股；阴凉转向北边，一家人就向北挪挪屁股。到了后半晌，阴凉又转向东边，一家人，老的老、少的少，就再向东挪挪屁股，一人一把麦草，围着树转圈圈。

随着搬迁工作抵达高潮，杨河滩滞留的人也越来越多。他们滞留在杨河滩，等着平板车队来帮忙搬迁。这一等，少则一个月，多则两三个月。

有一个当年借住过别人屋的受访者说，到了这一年的冬天他才到安置点来。

附录（采访录音摘录）：

声 音

　　大船是乡里控制的，不是随便用的。调船要给人工资。船，具体属于宿迁航运公司，有组织，有领导，不是想用就用的。我们区里也分配了船，都是小船、民船。骆马湖有十几个小乡，一共有二三十条小船。当时，马乡长从耿车区调来。他负责调船。搬家的时候，他后背背着个电台，用电台讲话。几十里水路，都是他负责在湖里催。

——蔡鸿章，85 岁，来龙太平

　　我们坐船一天，没过夜。记得那船舱大，牛都能装得下。我们那个地方，有三十多口子，一艘船都装完了，是个黑色大船。人，都在下面（船舱），闷，有两间房子大。那一船，有人在船上生小孩。

——袁劲松，86 岁，新庄前进

　　船一到岸，先放"跳"，就是跳板，一块木板连着宅子和船。日期，我还记得，我是 6 月 6 日搬来的。6 月 5 日晚，就开始准备，门也卸了。临走前，房子被风揭了。我家是第二批，头批是队长，干部。我大爹是大队会计，他是头批，比我们早 10 天。那时候，村里面都在说走了，走了，一直在传。但就他一家走了，后来才慢慢跟上。运我们的船，是大船，三间屋这么大，有梯子下，木梯。顺着梯子下去，是船舱。

——韩季先，81 岁，新庄朱圩

我跟我大爷大娘一起过的。在船里的时候，都是他们带我。我那时还小，记得不多，只能记得那船是大船，装 3 家人，一共 12 个人。我们都在船舱里。小孩子不懂事乱跑，当时我是最小的吧。

——许昆明，73 岁，新庄朱圩

我就记得我是农历六月十三搬出来的，带了张床，带了桌椅，还有粮食。一家分了几百斤粮食。口袋是细口子的，一米多长，能盛 100—150 斤的粮食。我当时有两个口袋，大概有 300 斤粮食。我扛着粮食过来的。

——陆敬武，84 岁，新庄四城

大儿子岁把搬过来的。一湖都是水。自己带来十几袋粮食。没搬家之前，我就来这边盖房子。我是草场人，草场是个大宅子。具体（多大），我岁数大，记不清了，只记得，四周都是水。房子都飘飘的，塌了。我还有牛。

——宋侠英，87 岁，来龙民主

我那时候搬家，头一船是大队书记、会计，一共 4 家都是干部。那一年我 19 岁。船到杨河滩时，顶风，船老大要人下去拉纤。孙长云是老师，他下去拉纤。一拉，纤绳也拉断了，船就在水里，横三竖四，打转，直抖，差点打翻。船上原有一个漂亮的葫芦，也都掉河里了。

——罗恩栋，82 岁，新庄前进

俺那时候 21 岁，队长叫我跟船走。那船是城里顺河的。东西搬完，船老大不走了，问刘柱子上来没上来。人们说谁是刘柱子？他说跟我一起来的，小孩子放假在家，跟着船来看景，看骆马湖搬家的。我们说没看见。他赶紧又上岸去找了一大圈。没找到。后来才知道，刘柱子根本就没上岸，他说自己上岸摘枣子吃去，结果直接从船上掉下去淹死了，9岁。（他是）当地一个社长家小孩，就在运东化肥厂南。（这个）小孩子平时不让上船，就上一回船，淹死了。

——张汉帮，82岁，新庄太和平

那时候，带了炒面，自己炒的，还有成摞的煎饼，黄黄的。炒面，就是小麦粒子炒熟了之后，上磨推成的面。饿了烧一点开水，拌一拌就吃了。

——郭英，72岁，陆集长胜

从我们张场搬到杨河滩来，什么风我都知道，是东北风。船是三篷三桅，吹瘪了，我记得。船老板是外地人，会唤风。他在船上唱："噢来，噢来。"我们都问，那人喊什么呢？说在唤风。不一会儿，风向转了，布篷子，陡一下鼓起来，神了，船呼呼地在水上跑。

——仇兴传，80岁，新庄太和平

我们在水里，走了两天。我们过来的时候，牛都拴在船帮（上），人拉着牛鼻绳，就这样拖着过来的。（牛的）头翘在船边，秤砣一样。

——王太兰，79岁，曹集三河

那时候，我念4年级，搬到这儿在道方小学念5年级。大船搬出来的，牛都系在船帮上。那时候，过闸不保险。牛从船底钻过来了。船也不稳。肖雷的大当书记。我父亲也是干部，船头插着大红旗子，第一个带头走的。

——杨中启，78 岁，曹集三河

搬来的时候，我 32 岁。我家是跟牛一起来的。船上，还有高松年高书记一家。我们坐船，到杨河滩下。路线是，走鸵头闸，过闸之后，走皂河那边，不是直接走。我记得清楚。至于为什么这么绕，我也不知道。过闸的时候，差一点翻船，俺家老大差一点淹死，最后就淹死了两头牛：一头黄牛、一头黑牛。

——王世群，93 岁，曹集三河

粮食还没上褶子，就来水了。头一船，就是从三场出发的。三河村先搬。船是皂河的船，一个姓杜的侉子驶船。头天，我去赶集，第二天才开船。我们宅子上，高书记家带头搬的。走了一天一夜才到杨河滩。怎么走？是走皂河北头，防口进去，走运河，再到杨河滩。

——邹可运，89 岁，曹集肖墩

那时候，船都是小船，十吨八吨的。我是第一船，奔西南，到防汛口，再进运粮河、皂河北，然后奔宿迁来，过运河通井头小闸，到杨河滩下的船。我到井头，找人家屋住，两三天之后，才被平板车送到此地。后来的人，可能就直接下东南，到杨河滩。

——张芝玉，87 岁，曹集肖墩

搬家那天，我正好走亲戚。我在堰上看水来了，越看水越多。一下水，不深。到了鲍场，就到脖子深的水了，到了鲍场就能看到我（们）庄子了。我凫水凫到我那宅子上。到了家，家里一个人都没有。正巧看东头还有一条船没走，就坐别人的船过来了。

——陆敬宝，86 岁，新庄四城

船差一点翻了，后来这边人过来拉，才救出来的。先到杨河滩，再到保安，后来又搬到大兴。后来，我迁回来。一直在搬家。

——沈齐平，78 岁，保安永胜

我是跟着车来的，我那时小。一家 8 口人，没有一个坐车的。车上是粮食和家具什么的。粮食有几百斤，都是细口袋。那时候有麻袋，但我家用的是细口袋。

——张家贵，73 岁，来龙新立

船是响午开到门口的。我家 4 代人一起坐船，上了船，才知道船老大是我家亲戚。船老大就照顾照顾（我们），多停一会儿，把能搬的都给搬了。我那时候刚生了小儿子周虎，才 27 天，没满月，就上船了，日期是 6 月 27 日。

——郭兆霞，95 岁，来龙张宅

我那时候还小，小孩喜欢坐船，什么都不懂。搬到王沟时，一家一家塞几户，住几天，等人来接。我是跑过来的，那时候笆斗里面能坐人，筐里头能坐人。

——钱宜香，74 岁，来龙太平

搬迁的时候，用木船搬家的，那船有暗舱，瓶瓶碗碗，都搬到里面去了，等上岸了，忙忙嘈嘈，一时忘了卸。那里面还有我父亲读的一些古书，一起都丢了。我家老祖陵也在湖里，现在都淹在湖里。过去一陵葬祖，不能乱。

——吴新立，83 岁，皂河金庄

第四章　在运东片区

　　宿迁市境内砂礓土是典型低产土壤之一。砂礓一般夹在紧密的黑色或黄色黏土中，一般耕作层较浅，有的在耕作层以下不同深度还会有较大的砂礓块，甚至有砂礓盘。这种土壤特点是结构紧密，透水性能差，易受旱渍灾害。耕作层土壤有机质含量不足1%，含氮、磷量也很低，缺磷尤重，耕性差……骆马湖被批准为常年蓄水湖泊后，兴建了涉及宿迁、沭阳、泗阳三县受益的骆马湖灌区，并安置库区3.9万人移民在来龙地区。来龙地区多属砂礓黄土，当时群众流传称来龙三样宝：砂礓、蓟菜和茅草。这说明当时来龙地区土地荒薄。

——《宿迁市水利志》

千年大运河绕城而过，宿迁人习惯以老城边的运河为界，把安置地分东、西，称之为"运东片""运西片"。运东片普遍是集中建庄，运西片普遍是插队安置。运东集中建庄，诸如太平、永胜、前进、三河等等，都是纯移民庄，庄子拥有一块单独的宅子，移民迁入后，村里的领导班子与原来湖里的领导班子一样。庄子建好之后，村庄各个小队彼此的方向位置，谁在谁东，谁在谁西，谁在谁前，谁在谁后，都和湖里的一样，仿佛这个村庄从湖里复制粘贴到安置地一样。在我的采访中，运东片区只有原快乐村的一个马场队被分成三个小队安插到双河、刘圩、高圩三地。西片区的插队安置，便是如马场队这样，在湖中是个整体，一个整体有多少队，安插的时候，便分队安插在各个老庄。

据实地采访考察，运东片区离骆马湖最近的移民安置地为井头杨宅，最远的为来龙民主。其他依次为井头许庄、曹集前进、曹集快乐、曹集新河、曹集三河、新庄太和平（新庄街东）、新庄城上、新庄朱圩、来龙耿陈、来龙长安、来龙太平、侍岭大墩、保安永胜。1958年4月，运东片区计划迁入的地方主要有曹集乡、侍岭乡、来龙乡、关庙乡。其中，来龙乡计划迁入11个社41个队，建6个庄（现有4个庄）；关庙乡计划迁入4个社43个队，建庄4个（现有0个庄）；侍岭乡计划迁入两个社21个队，建庄3个（现有1个庄）；曹集乡计划迁入8个社62个队，建庄5个（现有4个庄）。

据《江苏省宿迁县地名录》"曹集公社"条、"关庙公社"条、"来龙公社"条、"新庄公社"条、"保安公社"条记载，1958年原来龙的行政区域包括来龙、保安、韩集、张圩、五魁、黄泥、河滨、张庄、尖湖、水庄、玉皇、侍庄、匡庄、葛庄、王庄、邱庄、高圩、耿陈、左庄、双蒋等地，原关庙公社的行政区域包括关庙、林河、二元、崇河、泰山、董墩、振友、安圩、坡墩、大庄、永平、仁和、长兴、孙陈、水汉、卓庄、陆相、桥口等地，原侍岭公社的行政区域包括侍岭、人和、陆宋、苗庄、吴圩、信昌、茶棚、李槽坊、盛湖、纪宅、佟庄、朱岭、姚塘、陈庄等地，曹集公社的行政区域包括石洼、前进、陆庄、新庄、林圩、朱圩、袁庄、陈墩、靳庄、路北、张双庄、道方、孙庄、肖墩、冒店、马庄、小岭、刘老圩、天同庵、呈大庄、葛桥、河滩、双河等地。

　　对应现有骆马湖移民的安置地，大致可知来龙原计划建的6个庄中，包括现在的保安的永胜庄。曹集乡原计划建庄中的5个，包括现在的新庄的城上庄、朱圩庄。实地采访可知，现建庄在侍岭大墩的东腰路人原迁地在来龙匡庄；现建庄在曹集快乐的官场、陆场、刘场人原迁地在新庄以东（原属关庙界）。

　　故综合以上，大致还原来龙原计划建庄的6个为耿陈、长安、匡庄、永胜、太平、民主，——对应的骆马湖迁入的社为陆河社（陆河村）、太平社（新闸、九龙人，后改迁双庄九龙，原迁来龙长安东小陈庄）、新华社（南王沟村）、先锋社（南王沟村）、胜利社（王庄村）、胜利社（新庆乡）、陆圩一社（吴宅村、书院场村）、陆圩三社（陆圩村）、新立社（新立村）、民主社（联五村），计10个社11个村。曹集原计划建庄的5个为前进、朱圩、城上、三河、新河，——对应的骆马湖迁入的社为前进社（戴场村、前宅子村）、朱圩社（朱圩村）、陆圩四社（城上村）、三河社（三河村、马沟村）、中河社（二场村）、直河社（直河村），计6个社8个村；侍岭原计划建庄的3个为吴圩、大墩、朱岭，——对应的迁入社为龙岗社、大庄社1—6队、大庄社7—12队，计两个社；关庙原计划建庄4个，长兴、泰山，另两个无考，——对应的迁入社为陆圩二社（后改迁黄墩魏场）、长胜社（后改迁皂河王营、谢庄）、太平社、快乐社，计4个社。

杨 宅

受访人员：杨培发（85岁）、孙汉文（85岁）、仇守安（83岁）、许文里（81岁）、童昌荣（80岁）、侍季花（80岁）等。

采访时间：2020年7月16日、2020年7月17日。

杨宅，在许庄正西。1958年属塘湖农场，1962年属塘湖公社，现属井头乡。共6个组。为1958年仇圩、江湖两地之人的安置地。仇圩、江湖原属仇圩乡，1958年与仇圩乡的赵庄、仇庄、李庄、周庄、徐庄、张庄、何庄、南庄、贾庄同属民主高级社。主要领导有童启生、高维传、郭本顺，童启生为社长。1958年10月，民主高级社只有仇圩、江湖两地，6个移民队安置于杨宅。1959年，有部分仇圩、江湖人从杨宅回迁民主，成立新仇圩1队、新江湖1队，与杨宅仇圩、江湖分家，仍属民主高级社。1974年，因骆马湖发洪水，新仇圩1队、新江湖1队，再次迁移，将新仇圩再次迁至徐圩，新江湖人再次迁至晓店街北青墩村，为青墩8组。

【杨宅记】2021年9月，杨宅已经拆除殆尽，重新变回了荒野，村民已经全部撤离，芳草萋萋，碧色连天，似乎这片大地上从没有人来过。这一次，我看到了传说中两檐到地的山头棚，此前，我一直以为"两檐到地"是"两眼到地"，就是两根木头撑起来，看到实物，我才知道"两檐到地"是多么形象。那所谓的山头棚子，其实就是一栋房屋把所有的墙去掉，只剩下一个屋顶来住人，它的前檐与后檐都贴着大地，支撑起一个下宽上尖的三角形空间来住人。60年前，杨宅的骆马湖移民初到这里的时候，住的就是这样的山头棚。60年后，他们又住回了山头棚里。物是人非，做梦一样——还是在这块土地上，在这样的季节里。

主人邀请我到他的棚子里看看，我激动地答应了。狭小的空间里，三分之二是床——打开帘子就看见床，向里多走半步就碰着床，吃饭在床边，聊天坐床沿，衣服在床上，鞋子在床下。平时，自己的代步三轮车只能放在外边，晒太阳晒月亮，下雨下雪天盖个塑料布，挡挡雨雪。倘若不巧临时有事要出去几天，而且迫不得已要把三轮车留在这里，也不好向棚子里推，推不进去，头推进去屁股露出来，屁股推进去头露出来，只能找个大铁链拴在树上，没有别的办法。

60年前，来到这儿的时候，那个棚子的情形跟现在也差不了多少，一张床把空间塞得满满当当的，只是那时没有这么多的衣物，没有置办这么全的家具，吃饭的桌子也没有这么高，碗筷也没有这么占地方，坐在煤炉上的锅要更老旧些。那口锅的口径不大，但生火做饭的灶却要在地上掏出来，那是真正的土灶台。灶台的本尊就是大地。灰塘就是地下挖出的一个坑。棚子里的其他东西，那时候没有这么挤，还有可以放下一头牛的空间。是的，牛也要进来住。牛比三轮车要庞大，但那时候牛是和人在一个棚子里睡觉的，牛除了和人一样是劳力外，还是社里的生产资料。把牛放在外边冻着，舍不得，让牛在外面淋雨，不忍心。唯一委屈牛的地方就是，棚子真的太小，牛也得拘拘束束，一个姿势站到天亮，或者站到雨水结束，站到天气暖和。牛是通人性的，牛在半夜也会叹气。牛虽是牲口，但也有自己的委屈。它不说话，就是委屈了，眨巴眨巴眼。多漂亮的眼睛，当人睡着的时候，它和天上的星星一样不寐。它想啊想，亘古不变的长夜里，想啊想，反刍着胃里的草料，忽然叹了一口气，不委屈了，不闹了，理解了。牛叹气，是牛理解了人的好意，体谅了人的心有余而力不足，也是牛把自己的委屈自行消解了。老人家对我说，他年轻的时候，是使牛的把式，打起牛号子全杨宅都能听见。他喂牛一直喂到新世纪头几年，和牛打了半辈子交道。他懂牛、爱牛，陪了无数头牛生老病死。牛是日子的功臣，把人的遭遇分担了三分之二。说真的，他现在还有养一头牛的打算。但这一次真的心有余而力不足了。他太老了，再过几年，老到照顾不了自己的地步了。

从老人的山头棚里出来，天色已晚，我一个人到杨宅的老宅看看。杨宅已经名不副实，没有宅子的痕迹了。我在荒草地里走了一圈，地面平整、松软，连片砖瓦石头都不曾踩到。这里也曾经是人的家园啊，也曾屋舍俨然、鸡犬相闻，也曾装满人的悲欢离合。访问过的几户人家，我还能记得他们的面孔。他们的名字、年纪、原迁地我都记在了本子上。在那个炎热的下午，我在杨宅续了两遍水，足足待了一个下午。我与老人们一起坐在树荫下，聊着遥远的故乡，经年累月的往事。最后，他们仿佛把一生的话都讲完了，叹了口气，把满面的热情和笑容给了我。现在，这热情和笑容都又浮现在了我的眼前。

许　庄

受访人员：王宜户（90岁）、王宜庆（90岁）、王家远（87岁）、许翠英（85岁）、王增宜（82岁）、罗用之（80岁）、叶书尧（80岁）、郭修连（79岁）等。
采访时间：2020年8月18日、2020年8月19日。

许庄，1958年属塘湖农场，1962年属塘湖公社，现属井头乡。分窑东、窑西、路东、路西、沈庄、新化6个组。其中路西、沈庄、新化已经拆除。许庄，为原湖滨乡湖滨高级社和许庄高级社搬迁地。1958年，湖滨高级社共16个队，自南向北，由叶圩（1—3队）、胡庄（4队）、孔庄（5队）、南沟沿（6队）、叶庄（7队）、王庄（8队）、沈庄（9队）、前李庄、后李庄（10—12队）、上郭庄（13队）、下郭庄（14队）、塘里（15、16队）共建。主要领导有叶以理、叶以助、胡季武、郭修忠等，叶以理为社长。许庄高级社有6个队，主要领导有江秀迎、仇凤兰等，江秀迎为社长。现，许庄的名字，是许庄高级社旧名之沿用。

【许庄记】通常情况下，一个问题抛出之后，得到了答案，我都会再找两到三人印证：同样的问题，同样的问法，从头开始记。答案相同的地方留下，不同的地方继续访问求证，直至记忆如榫卯，严丝合缝，彻底坐实。这是一个让人激动的瞬间。我父亲是木匠，小时候看他做桌椅板凳，还是传统的慢工细活，用点刨花烤，拉墨斗打线，用凿子凿眼，长刨短刨如分针时针交替。父亲把榫卯结合，垫下一块板子，缓缓地敲着垫在榫眼边缘的板子，声音由虚而实，笃笃，锵锵，一件件活儿，从无到有，出落成样。

最感叹的还是记忆的呈现——绝不是如花绽放，而是复苏，需要还原，但需要时间……我在许庄的采访，一开始就陷入了记忆的沼泽。老人家年岁已高，需要对着耳朵一字一字说与他。一个问题尚未答全，就节外生枝，枝枝蔓蔓，跳到其他事上。这个时候通常无法再继续，无法再细问，只能拍拍肩，俯过身去，再一个字一个字从头问。不得不感叹乡间俗语的形象生动：拍肩聋。在许庄路东组，遇到叶书尧老先生时，他正欠身贴耳听自家屋里的动静，我向他打招呼。他"视而不见"，缓慢转身。等到近前，我才知道老人家眼睛不好，耳朵也不好。在许庄已经访了七八个人,都没有结果。我只好试试,于是再次大声问话,叶书尧老人家的脸转过来,见我陌生,便躲,既听见,又会错了意,连连摆手。最后门里面闪出一个好心的大姐,用很浓的乡语,把我的话一通重复。老人才忽然说出了"1958"这个时间。黑暗中冒出一束火苗来。接下来,老人开始了漫长的回忆,一个人的沉浸式回忆,默不作声,超然物外。过了许久,一些庄名方才如岛屿乍现。待到眼见就快水落石出时,却又无端卡住,无法再进行……站在风里,任凭好心的大姐如何帮我问,也是徒劳,一直到老人家累了,摆手回屋。大姐替我挽留他,并建议到数步之遥的王增宜老先生家,让两个老人碰一碰,说一说,说不定就能打捞起什么来。一语说定,便扶着叶书尧老人走向王老家。

王增宜老人年岁长些,但记忆好,唯有一样是拍肩聋。唯一幸运的是老伴罗用之眼不花耳不聋。罗奶奶待人热情,一进屋,老人家就把我让进里屋。递板凳、茶水,让两个老人坐在我旁边。我们离得近,但问话答话却用的是喊山之力。这个过程中,罗奶奶热心助攻。最终,湖滨高级社16个队如昨日之花,再次鲜活如初。两个拍肩聋的老人家却跌落记忆深处,相互看着对方的嘴巴,一说一停,一停一说,也作倾听状,却各说各话,平行车轨,毫无联系。我和罗奶奶哈哈大笑。

第一次去许庄,听说许庄拆迁。半年以后再去,依然听说许庄拆迁,却又听不到动静,仿佛一个时刻被无限拉长,一个声音过火车一样长久持续。我第一次到许庄,许庄路西、沈庄、新化三个组已被夷为平地,沧海桑田,麦子收了一茬,稻子又种了一茬。半年后去,又看到满湖稻茬,无人问津,地荒天老的模样。只不过半年的时间,这一次在地边再难看到一块残砖剩瓦。田里横沟竖阡,方正分明,仿佛千百年来就是如此。田地的东面,半年前,就留下的半个庄子,现在更加无精打采,没有生气,可能是知道迟早会搬迁，所以自暴自弃吧，路也不铺了，房子也不修了。道路下过雨，鞋底拔泥。行走乡里，数堵墙倒塌。老人门前晒太阳，中年人门里打牌，独不见年轻媳妇闲聊与总角孩童嬉闹。许庄很大，就算是只剩下一半，挨家挨户访，也访了半天。但即使是正午时分，门上挂锁、大门紧闭的人家，也不在少数。村庄的萧条，总在回首处，叫我感叹。

前　进

受访人员：顾振起（90岁）、罗恩振（84岁）、罗恩栋（81岁）、李延彬（80岁）、朱克忠（78岁）等。

采访时间：2019年5月18日下午（访1队、2队）、2019年7月3日全天（访5—10队）、2020年9月12日全天（补访）。

前进，现属曹集，共6个组。此地骆马湖移民多为戴场、前宅子、马口、小郭庄、大徐圩、小徐圩、小陆场人。1958年迁入时，为前进高级社，属老永安乡北片。原前进高级社有10个中队。戴场为1—4队、马口为5队、前宅子为6队、大徐圩为7队、小徐圩为8队、郭小庄为9队、小陆场为10队。主要领导有吴希永、谭庆宜、齐星明等，吴希永为社长。

【前进记】我第一次到前进采访时，李延彬正好借人房子住。他是小陆场人，记忆力很好，人也很和善。他把自己的矮凳递给我的同时，把门里避风的位置给我。那一天，一个80多岁的老人，把记忆中的往事掏给我的时候，他流了很多泪。那一天，他为他得了浮肿病的祖母流泪，为他年轻守寡的母亲流泪，为他早逝的父亲流泪,也为他自己流泪。他原本是要念书的,宿迁中学,因为家里就他一个劳力,所以他不得不放弃。人的一生有很多选择,但最关键的也就一两个。倘若把书念完,他相信自己会有更多的可能。但这个选择,改变了他的一生。他原本是粗心的人,两耳不闻窗外事,一心只读圣贤书。考上中学,口粮不是问题,队里出,国家也出。钱虽然是要命的,倒也不是没有筹借的法子,而且钱也不甚多。他从未想过要辍学,所以生活中的其他琐事都被他一直忽略。因为退学,要挑起家庭的担子,所以他必须心细起来。自己不会过日子,要偷学人家怎么过。书生意气不能使。种地用不上诗情画意。该弯腰的地方要弯腰,而且弯到一定的度数。该低头的时候,也要低头,低到和腰弯的度数一样,甚至还要低。

  生活比念书难多了。念念书,听听课,考考试,日子哗啦啦地过去了。生活光念没有用,整天念叨——求人求佛,怨天怨地,人都不能把日子过好。把日子过好,反而要把嘴巴闭牢,少说话,不说话。生活中每天都是大考。及不及格,生活都要打你板子,早上水没挑,晚上忘了备柴火,挨饿受冻都是现世报,来得快。等到你在苦水里头泡大,在教训中开窍,你知道了一天不挑水一天就没有水吃,一天不备柴一天就没有火烤时,你要跟着日子走,要心细,要多想,今天过昨天的日子,明天过今天的日子。把日子提前一天伺候好,明天才能游刃有余,不像现代人今天过明天的日子,白天过夜里的日子,乱了套。就这样吧,你以为你及格了,马马虎虎及格了,其实连及格的一半都没有。生活的及格线,不是你努力就能达到的。你认为自己及格了,好像待人接物、人情往来都做的跟人家一样,甚至感觉比别人还胜一筹了,可是在别人眼里你还是另类,毕竟你比他们多念了几天书,曾经在他们那里博得了太多的青眼,让他们羡慕。现在你的游刃有余、你的及格线,在他们那里永远是零。好了,是你比他们多念几年书;

不好了，是你竟比他们多念了几年书。你发现自己本来就与乡村格格不入，本来就与他们格格不入。你做活也出力，但在人家眼里是秀才绣花。你在"强扭的瓜甜"，自轻自贱，与大家不自在……生活中的考试太多了。人的相处和朋友的取舍哪个更重要？没有答案。能在关键时刻决定你命运的人，可能是你长期私处的朋友，也可能是与你保持距离、平日没有往来的人。变数太多，结果唯一。生活的哲学太复杂，反正比念书难多了。人们希望的简单生活，不过是把日子照着书中的那样过。

有一年，人家说自愿报名支援新疆，他想去。但祖母病了，他也学着人家把黄豆磨成粉来治疗祖母的浮肿病。这是一种让我过耳不忘的疾病。一张脸被水撑大，皮肤被撑得薄薄的，能照见人影子。后来又说可以向外地疏散人口，他还是想去。这回是母亲不答应。母亲说刚刚才把根扎下，再来一次连根拔起，她撑不住。人生地不熟，老庄人比本庄人野，到时候委屈的还是你。母亲通常不说话，一说又把半辈子的话都说完了。他说很多事情不能回忆，不是忘了，而是忘不了，存在抽屉里一样，清清楚楚。好日子、赖日子都无关紧要。有母亲的地方就是家，有祖母的地方就是根。就这样过吧。娶了女人，生了儿子，女人就成了他的家，他就成了儿子扎下去的根。如今他在这片土地上已根深蒂固。他把自己过到一个哪里也去不了、哪里也不想去的年纪。

朱圩

受访人员：刘桂芳（80岁）、洪春美（77岁）、许昆明（77岁）、朱伟华（75岁）等。

采访时间：2019年10月27日下午（2队、6队）、2019年11月3日全天（3队、5队）、2019年11月9日下午（4队）、2020年9月19全天（补访）。

朱圩，1958年属曹集，1962年属新庄。此地骆马湖移民多为朱圩子（亦称大宅，在原朱圩扩建，因为是周边面积最大的，故名）、刘宅子、老和场、臧场、汪场、吴场、沈渡口人。现有6个队。1队多为吴场、老和场人；2队多为沈渡口、朱圩子人；3队和5队多为吴场人、汪场人；4队为沈渡口人；6队为朱圩子、老和场、刘宅子人。1958年动迁时，为朱圩高级社，属老永安乡南片，共16个队，主要领导有朱成然、朱成福、姜成美、朱先达等，朱成然为社长。

【朱圩记】地图上朱圩标注为"新朱圩"，新朱圩4队在最北头，向南为新朱圩2队、6队，两队连在一起，再南是新朱圩，最南边是新朱圩3队、5队，两个队一如2队、6队一样连在一起。

2019年11月3日，第二次采访朱圩，是在3队、5队，整个村，半天不见一个年轻人。此时，3队、5队的房子已经标上了拆迁的字样，村庄不出半年就会被拆。老年人留守在村庄的深处，仿佛入秋后藏在藤间的老瓜。三间堂屋，一方院子，一个人，行动不便，大门敞着，让外边的风和阳光自己过来。搬了一辈子家，又得搬。搬迁，搬钱？迁的自己，钱都被儿孙拿去了。人老了，被掏空了，被蛀空了，就剩下自己一副小骨架，房子似一副大骨架，大骨架套小骨架，遮遮寒避避雨。房子是自己最后的本钱，不把它变现，它就一直不显眼，一旦成了钱，自己就看不住了，管不了了。因而，他们想的绝不是房子拆了能多给两个子儿，而是……这里多好、多自在、多宽敞、多舒服。

在乡下采访，农村的老年人是当今社会我见过的最知足的一个群体。他们俭朴度日，贫困但知足。我听到他们对共和国最真挚的礼赞，莫过于"现在日子过得好，比过去真比天堂""我辈不肖，能过到现在的日子，真是欺老祖了"。他们是生在旧社会、建设新中国的那一代人，他们是创业者，懂得这一路走来的不容易和转折中的惊喜。所以他们简单、纯粹——什么是好日子，就是比过去好，不是比昨天，也不是比去年，而是跟旧社会比，跟自己最困难的时候比。江山是自己的。什么是好日子，他们说点灯不要油，耕地不要牛，就是好日子，这个实现了；他们说楼上楼下，电灯电话，就是好日子，这个也实现了。他们那一代人的"好日子"都实现了。创事业，事业被创出来了；创世纪，世纪被创出来了，还有什么不满足的？他们的心灵是滋润的，不像现代人这样焦渴。富人的一个"小目标"，几代人都可望而不可即。

  我进屋，自己找板凳坐下和他们聊天。难得有人陪他们聊天，要是能花钱找人聊天，也愿意。他们说，说话是一种排解，话揣在心里，不与人说，一天都不痛快。我给他们递烟，点火，烟雾缭绕，是另一种痛快。这一天从早到晚，我采访了9位80岁以上的老人，杯子续了4遍水，碰过4个老人家里的4个模样不同的茶水瓶。3队、5队人是吴场、汪场人。洪春美、朱伟华是这两个队的人。他们年轻一些，一个是退休教师，一个是退伍军人。他们对吴场、汪场，甚至整个朱圩社的历史都很熟悉。

长　安

  受访人员：刘文汉（85岁）、王权移（83岁）、高孝云（82岁）、吴应清（80岁）等。

  采访时间：2019年10月4日下午（访12队）、2019年10月17日（访8队、9队）、2020年10月3日全天。

长安，在来龙西南。此地骆马湖移民多为南王沟、支河口、刘庄、大刘庄、岔口、贺小庄人，原属晓店区河北乡。1958年7月，长安共迁入3个高级社，即新华高级社（原南王沟人创建，共4个队，主要领导有高维峰、周维礼、刘景义等，高维峰为社长）、先锋高级社（原小刘庄、大刘庄、支河口人创建，共3个队，主要领导有张泽元、王一岭、刘其生，张泽元为社长）、胜利社（原岔口、贺小庄人创建，共6个队，主要领导有刘金镯、刘安琴、王达聪，刘金镯为社长）。现长安共12个队，1—2队为南王沟人，3队为支河口人，4队为刘庄人，5队、12队为大刘庄人，其余6—11队皆为岔口人。

【长安记】在长安，最热的话题是刘强东，人人都提起了刘强东。一个老乡领我绕着刘家大院转了三圈，领略风光，最后感叹"生子当如孙仲谋"。羡慕之意溢于言表。刘强东给长安村60岁以上的老人每人一万，真金白银。外乡人说是阔绰，自己人说是衣锦还乡，刘强东说是感恩。关于感恩的故事网上都有，不再赘述。给钱的举动是值得点赞的。老人手里有一万块，跟没有一万块绝对是不一样的。我访问的一个老人，说自己和老伴儿一人一万，一直存在那里，谁都不能动。儿孙指望不上的时候，自己还能买点吃的。两个老人过惯了苦日子。儿孙那里没拿过一分钱，有这两万块，以备不时之需。刘强东祖籍原晓店区河北乡大刘庄，祖辈从大刘庄迁到长安。据说刘的父母有时在家，于是我想访问刘家人。无奈高墙大院，大门紧闭，门都进不去。刘强东是骆马湖移民的后代，也是骆马湖移民的骄傲。不仅是长安，在来龙的所有移民村，都知道骆马湖移民的后辈中出了一个金凤凰。

古人说，人杰地灵，地灵人杰。一块地方要聚了多少年的灵气，才能出一个出类拔萃的人物？

我在长安12队采访到了一位80岁的老人，是大刘庄人，记忆力很好。搬家的时候，他念初中，毕业后，一直做大队会计。他对大刘庄的村貌、人口、变迁都极为熟络。他说，大刘庄在骆马湖南岸的条河堰上，有大刘庄、小刘庄之分。大刘庄和小刘庄中间隔着一个安家洼。小刘庄在安家洼西边。大刘庄在安家洼东边。大刘庄搬迁的时候一共两个生产队，50来户人家。庄上一户姓黄，两户姓夏，还有几户姓张、姓聂的，其他都姓刘。虽说都是姓刘，也不同宗不同祖，续不到一起。姓刘的也来自不同地方，有的是探楚过来，有的是支口过来的，有的是新沂过来的，还有的是山东逃荒过来的。这位老人的祖籍是运河南岸的陆庄。从他祖父到骆马湖的大刘庄种地到现在不过三代。他的祖父故土难离，搬迁的前一年去世，在骆马湖种了半辈子地，死后还是选择葬回陆庄，和他的父母兄弟葬在一起。

对老人来说，陆庄并不是一个陌生的地方，他从小到大，每年都会跟着祖父、父亲回去几趟。他父亲在世的时候，他还带着自己的儿子和父亲一起回去，像从前一样，一家三代同去陆庄。不同的是，这一次是从70里外的来龙长安出发。他早已熟知那里的坟地——从前是他的祖父告诉他，这个是谁，那个是谁。磕头的时候，要边磕边喊亲人。那一次，他带着自己的儿子回去的时候，他的父亲也就是儿子的爷爷，再现了这个场景，他和儿子一起对着一堆堆黄土磕头。那一片大大小小、长相相似的坟头，像当年印在他的脑海里一样印在了他儿子的脑海里。这里的亲人，儿子都没有见过，他只知道磕头，规规矩矩地磕头。多来几遍，多磕几遍，就都认全认熟了。后来他的父亲去世之后，他还坚持回去，有时跟着儿子一起，只是儿子不再带上后代了。队伍里从此就少了一代人。

最近几年他还是回去，和儿子一起。儿子已经60岁了，比他还显老，须发皆白，也到了有自己孙子的年纪。我问小朋友，知道你家上人是骆马湖边陆庄人吗？小朋友摇摇头。又问知道你的太爷爷是骆马湖大刘庄人吗？小朋友继续摇摇头。再问去没去过骆马湖？还是摇摇头。这一辈人和他们的祖辈脱节了。

耿　陈

受访人员：吴应仝（91岁）、汪庆章（90岁）、袁顺之（88岁）、李树之（78岁）等。

采访时间：2019年7月9日全天、2020年10月4日全天、2020年10月5日下午。

耿陈，在来龙西北。此地骆马湖移民多为李滩、杨河滩、汪渡、王宅子、张庄、袁湖人，亦属晓店区河北乡。1958年迁入耿陈时，为陆河高级社。陆河高级社共6个队，1队李滩、2队杨河滩、3队汪渡、4队王宅子、5队张庄、6队袁湖。迁入后，分为7个队即耿陈1队、2队、3队、7队、8队、9队、10队。主要领导有杜玉良、刘荣花、吴丕典、张开玉，杜玉良为社长。1964年，骆马湖成立水上公社，原汪渡、袁湖、杨河滩人部分回迁，改农业户口为渔业户。东迁新址，另垫一宅，重组为洋河滩大队。1966年，杨河滩人姜长友、姜长之、姜长页等"闹回湖"，回迁杨河滩，自立湖南大队，不果，而后被分户安插在来龙韩庄、葛庄、匡庄、凌庄、侍庄、玉皇、太平、黄庄等地，以及县西蔡集牛角湾等地。

【耿陈记】和汪庆章老人聊天，聊着聊着，天忽然就落了雨。我们从门外向屋檐下挤。我把伞打开，罩在他的脚底，怕他淋雨。他却把伞向我这边挪。我们聊了一整个半天，把天上的雨水聊干净了，把乌云后头的阳光聊出来了，把稻田里的蛙鸣聊沸腾了，把人一辈子的事情都聊得差不多了。彼此都不说话了，对着远方出神。一个农民的一生，刨去重复的劳作和千篇一律的生儿育女，还有什么呢，还剩下什么呢？一辈子忙忙碌碌，不知老之将至，没有什么成就，也没有什么大作为。他们未曾发过一笔横财，未曾交过什么鸿运，也未曾得过什么表彰和锣鼓喧天的表扬。发生在汪庆章身上最大的事，对他的生活改变最大的就是移民。他们为子孙后代修了一道二干渠，疏通了宿迁的大动脉，把千年的老岗地开拓成沟渠纵横的江南鱼米乡。移民，不是现代人眼中的搬家、搬迁这样简单。这样看，小看了自己，把意思都看没了。移民是把自己的家园让出来蓄水，实行旱改水是为了造福宿迁，也是为了造福下六县。移民是带着自我牺牲精神的，是个人的声音汇入集体的合唱，是个人的举动融入时代的洪流。那时不讲个人得失，看觉悟，比觉悟。他是认同那个时代的话语的。汪庆章是我这三年来的采访中，少有地坦诚地说自己其实是自愿迁出的，不是被谁挟持，被谁逼迫。他作出的是自己的决定。他的牺牲是自己的选择。

汪老的声音是洪亮的，少有的洪亮，一个90岁的人神完气足，铿锵有力。他是我采访中最特别的一个。他发出了另一种声音。这种声音在这个时代几乎已经灭绝，或者隐匿。他的个人牺牲精神不仅不能得到他人的认同，反让听之者说其虚伪。什么是虚伪呢。"伪，为也，矫也，矫其本性也。"我读杨倞注本《荀子》，就记住了一句话："凡非天性而人作为之者，皆谓之伪。"我常想这里的天性，不如说本性。因为天性，有时是通性。世人皆好逸

115

恶劳。本性是本心，是个人的灵性，是发乎于己，是遵从内心。人皆如此，从之，也是虚伪。发自己的声音，求其友声，才是真性情。汪老的声音是发乎于己的，遵从内心的，所以他绝不是虚伪的。我也相信那个时代以及现在，都会有这样甘于牺牲的人，纯粹的人。和汪老聊天，感觉到他是一个仁厚的长者。仁者寿。

太和平

受访人员：张汉祥（87岁）、张汉帮（86岁）、仇兴传（84岁）、袁宝民（80岁）等。

采访时间：2019年6月13日、2019年10月20日下午、2021年10月23日全天（关庙）、2021年10月24全天（关庙）。

太和平，在新庄街东。此地骆马湖移民属太平社人，老新利乡人。原迁地，无考。太平社共7个队，由袁场（两个队，袁东队、袁西队）、大许场（两个队，前队、后队）、仇场（一个队）、孙场（一个队，孙场分两个部分，孙场东半部一个队，西半部一分为二与张场、仇场两场组队）、张场（一个队）等，5个场人共建。主要领导有刘煜昌、刘林申、王维凡，刘煜昌为社长。

【太和平记】那时，我们坐在这座村庄的中心。1990年代建成的村庄与新世纪初建成的村庄模样相似，村庄的布局和这块大地上的其他村庄也没有多少不同，除了细节上的不同。我这时还不知道，这座村庄会在一年之后拆除殆尽，它的院墙还是那样牢固，没有什么能撼动他们。我和房子的主人，就坐在前屋的门楼下交谈。两扇门洞开，阳光如水一样涌来。我把录音笔打开的同时，不停地用笔和纸记录。写作者依旧相信纸笔的力量，也只能凭借它们。只是这时我还不知道，当自己记录的时候，这座村庄的深处有个人闻声而来。我不知道，他从这个村庄的哪个角落向我走来，但我知道他正向我走来。我不知道，他从谁那儿得了口信，不知道，从哪里听到有这样一个小伙子——背着青色的书包，拿着笔和本子，走进了他们的村庄。他不知道这个年轻人要做什么，但他坚定地认为，这个小伙子手里的笔和纸跟移民有关。他也知道，这个小伙子和那些夹着公文包的人不一样。那些人早已对他们的故事提不起半点兴趣。他忙着赶路，故事在肚子里摇晃，叮当作响。在他年老的时候，时间给了他一副犹如虾米的腰。他在赶着路，卑躬又屈膝，头被压迫向大地。他走在村子里的路上，一条异乡的路，一条同样被他们自己走出来的路。现在，这样的路就快到头了，听说他们的村庄将要被拆迁。他们说，年少来开荒，缺衣少食，哭不是哭，笑不是笑；到老成和尚，无依无靠，家不成家，又来拆庙。我欣赏他们的口才。

  白天，我在他们的屋檐下与他们抽烟聊天，记录他们的声音，晚上我一个人戴着耳机，把这些声音转换成文字——灌唱片一样，忠于原声，原汁原味。我时常被他们的语言震撼到，它们是如此鲜活，一落在纸上，便如出水的野鲫一样，生猛劲健。在这样的民间语言里，我常常感受另一种源远流长且隐蔽的传统文学基因。我可以捕捉到它，但无法说出。这也是它让我痴迷的原因，让我喜欢采访，喜欢记录的原因。

  在我走进村庄的时候，在另一个村庄的墙上，已经看到了"搬"字，红色的，带着圆圈。字在圆圈的中间，正襟危坐，不容置疑。是搬，不是拆，多文明的一个字。看好了，不是他们拆，而是我们搬；不是他们要拆，是我们要搬。拆，躲在了后面。我们先搬，他们才拆，文明多了。一切很和谐，拆，躲在了后面。

可是，拆，还是他们；搬，还是我们。村庄注定，不会安静。那些走向我的人，我听到，他们的脚一下一下砸向了这条路。路在他们脚下，又沉下了几寸。那时，我还不知道，自己站在这条路的最末端。

直到我问起了1958年，我确定，那一刻我听到了一个颤抖的声音在耳边问，你是哪里来的？我回过头，说，宿迁。那就是市里的？嗯。我想说说，我自己的事……那你是记者？我做过记者。好，记者好。我想说说，我自己的事……我现在是写作者。秘书？不是，是写散文的。哦，那是写古书？我想写……我……他沉默。他没有故事了，转身，他的故事结束了。他走在了回去的路上，来的时候，带着一个故事。我曾给过他希望。如果我无意间给了他希望，我将忏悔。

快　乐

受访人员：汪明祥（88岁）、郑成志（86岁）、王凤兰（86岁）、朱彩霞（76岁）等。

采访时间：2019年7月5日全天（快乐2组）、2019年7月7日（访冒店朱彩霞）、2019年12月2日下午（团结）、2020年10月18日全天（访团结、红旗、双河）。

快乐，在曹集街东。此地的骆马湖移民多为快乐社人。快乐社共8个队，由老永安乡官场（快乐社1队）、陆场（快乐社2队、3队、4队）、马场（快乐社5队、6队、7队）、刘场（快乐8队）4个场共建。主要领导有李树奎、郑成章、曹殿臣，李树奎为社长。快乐社原迁地在新庄陈庄，因刘场人朱大有带剧团过境，在热情的挽留下，遂改迁曹集街东。现快乐村的村名为原快乐社社名沿用。

【快乐记】朱彩霞，是朱大有的女儿。我到快乐村的第一件事是打听朱彩霞的住址，访问朱彩霞。

早就听说，快乐社改迁曹集街东，是因为朱大有的剧团。一个剧团改变了一社人的命运，这在骆马湖移民史中极具传奇色彩。朱大有，陆场人，属虎，不知道生于何年何月。20岁才学戏，属于大器晚成。他有天赋，嗓子好。师从施皮高、季良辉。与新沂柳琴戏名角大金牙、二金牙同台唱戏。徐州柳琴戏名家姚秀云为其徒弟。朱彩霞说，朱大有年轻时，走窑湾，过新沂，下宿迁，一人走南闯北，处处都能站住脚。搬家时，朱大有为新沂剧团演员，城市户口，吃国家商品粮。

朱大有剧团一共28人。移民时，一个剧团从陆场搬到井头，在井头唱了几天，轰动一时。次日，收拾家伙什，继续东迁，路过曹集，正巧被曹集乡马林乡长碰着。马林驻足细看，远远的，一队人背着锣，架着鼓，提溜着戏服行头，缓缓而来。他心下活络了，主动上去打招呼，你们这是干什么的？晁向明（朱彩霞姨哥，花脸）说，唱戏的，骆马湖剧团的。会唱吗？会，专业干这个的。能留下来吗？你说得算吗？多少人？21户人。马林说，我当然当家，给我地址，我叫人晚上去找。

晚上真有人来找他们。坐下细说，才知道白天问话的是曹集的马乡长。于是，朱彩霞的母亲连夜烙煎饼，朱大有第二天就带着20多口人重回曹集，与昨日问话之人重聚，请吃一顿八大碗，另赠送一人一双袜子。大家都高兴，吃完饭，抹抹嘴，要回家。马乡长说，哪里去，不能走了，21户都留在这儿。朱大有犯了难，说，只留这21户人家，估计社里不放人。但这边也不放了。

朱大有只好在空当里差人跟社里领导说。一说果然不同意,给了一句话:要留全留,要走全走。马林是真心想留朱大有戏团,爱才心切。最后,终于改了主意,留就留吧,留下一社人,8个队,安置在曹集街东,土质比东边好些,东边是老岗,这边沙土地。离街上近,生活质量也比那边好。对快乐社而言,能全留在曹集街东,是最好的结局。对朱大有而言,还能唱,没丢下老本行,已经很知足。而对马林乡长而言,乡村文化贫乏,文艺宣传人才少,朱大有剧团留下来,能为乡里效力。三方得利,皆大欢喜。

　　事实上,改迁到此地的快乐社人,真的要比来龙、侍岭等地的移民要"快乐"些,后来曹集乡给团结庄的官场人和红旗庄的陆场人,专门盖了几排砖瓦房。那个时候,其他地方的移民户正在山头棚里过着烟熏火燎的生活。还有一到当地,骆马湖人也快速加入了二干渠的河工队伍中。就在全县所有劳力都在为骆马湖蓄水之后的配套灌溉系统忙碌的时候,朱大有剧团的21家人依旧排戏、唱戏。朱彩霞说,那一年她只有8岁。乡里,冬天给棉衣棉裤;夏天给单衣单裤,给蓝裙子、白色小褂、大口鞋、红袜子、白草帽,非常受重视。朱大有剧团到这边,也开始扩招,又招了20口人。别人出河工时,朱大有剧团就扛旗子,打锣鼓,鼓舞士气,给出力的河工加油打气,唱戏解乏。朱彩霞也唱了,不怯场,最后得了一包糖,足半斤重。那是她唱戏挣得的第一份报酬,她把糖献给了自己的母亲……在剧团的日子,是幸福的,除了糖,阳历年过年,还有猪肉炖萝卜、八大碗。这些都是别人可望而不可得的珍馐美馔。朱彩霞在曹集一带很有名,现在还能唱,但因为多年的心脏病,已经很少唱了。那一天,我请宿豫电视台的朋友带着摄像机,想请朱彩霞为我录一出骆马湖柳琴戏。这是骆马湖人的乡愁。

三 河

受访人员：王士群（95 岁）、邹可运（90 岁）、葛一华（88 岁）、张玉芝（88 岁）、杨中启（80 岁）等。

采访时间：2019 年 9 月 22 日全天、2019 年 10 月 3 日（北三河肖墩）、2020 年 10 月 31 日下午。

三河，在曹集最北。迁入此地的骆马湖移民为直河乡三河高级社。此地人说，三河的村名是从骆马湖里带出来的，云云。1958 年，三河社有 7 个队，住大三场（亦可称新三场，区别于中河高级社之老三场，此场为 1954 年新垫之场），辖马沟（分沟南、沟北两场）、杨场（亦称杨胡场，区别于直河高级社之杨场）、冒冒场（冒，借字，义为北方人对南方人俗称）、大闫场、小闫场、小朱场、臧场（亦称西南场，一来场小，二来区别于朱圩社之臧场）、刘场（在直河西）等地。1962 年，因与临庄不睦，生事，遂迁 5、6、7 三个队于冒店，始有南三河、北三河之别。

【三河记】在三河访问,听得最多的是 8 个姓氏——周刘谢杨，臧陆马窦。前面说的是最早来骆马湖开荒的四大姓，后面说的是骆马湖四大地主，骆马湖大部分湖田的所有者。周刘谢杨，四大姓来的时候，骆马湖的湖田还是无主之地。

我在三河，采访到一个冒冒场人，他说，他的祖先从今天兴化里下河一带，坐船沿运河北上逃荒，到骆马湖中的运粮河，忽然发现新大陆一样，遂定居下来，生儿养女，繁衍生息，自耕自种，自给自足。最后，把自己生活的宅子命名为冒冒场，以纪念自己的来处。冒，有轻贱排外之义，把自己的宅子叫冒冒场，有点不通情理。或许，不是他自己命名的，而是本地人命名的，以纪念这座场的最先到访者。当然，无论地名由谁来定，对我们来说，不重要，重要的是这个场的最初拓荒者是个南方人，这个南方人到的时候，这里的土地还可以自由耕种，没有任何归属。

在三河，流传着这样一句话，周刘谢杨老表亲。说的是周刘谢杨，四家人初到骆马湖，相互联姻，传宗接代，祖上都沾着亲。现在，聚到一起，还不好骂仗，因为骂对方，就是骂自己，且连着另外两个也一起骂了。周刘谢杨四大姓，是来骆马湖最早的那一批，时至今日，周刘谢杨四姓人家，也是三河的大姓大户。

臧陆马窦，四大地主，今日他得了运，多置办了几百亩田，明日谁又背了运，败了几百亩地。对个人而言，土地增了减了，家族兴了衰了。对土地的所有者而言，几百亩土地卖来卖去，买来买去，都在这四家手里掦饬，左右手掦饬烫山芋一样。三河人说，臧是窑湾臧举人，陆是窑湾陆举人，马是新沂马圩马将军，窦是邳县窦老爷。这四家各有权势，以臧、陆两家为最显贵，因为有功名。马家土地最多，因为马家发迹最早。我曾专门去了窑湾和马圩一趟，访访臧家、陆家和马家的事迹。结果要么流于材料堆砌，要么就是演绎太过，跟拥有骆马湖的湖田百顷、千顷的地主形象毫不相干。臧举人、陆举人的故居都在窑湾古镇中宁街苏镇扬会馆附近。古镇入口不远，塑一人物铜像，排八卦建城池，即是臧举人像。据说他是窑湾古城的设计者。景点介绍：臧举人，名臧纡青；陆举人，名陆文椿。马家，在窑湾数里之外的马圩，驱车不过10分钟。马圩，冷清些。马圩没有青砖旧楼，没有马将军的铜像，也没有马将军故居。甚至停车借问，知不知道马将军名姓，也无人知晓。即使从前显赫如斯，半个骆马湖的湖田都是他家的，到如今，一切也都作了云烟散。据查，马将军，名马从凯。至于邳县窦老爷，后来因为疫情，打消了寻访的念头。现在只好求助于网络,窦老爷,名窦鸿年,今邳县戴圩寨墩有窦鸿年故居。

臧陆马窦,早已不在,骆马湖也蓄水60多年。但这些曾经跟骆马湖有关的姓氏,却跟着向东迁移的人们,跟着周刘谢杨一起,在距离骆马湖20公里之外的三河,在百年后的今天,依然在传说。老庄人不愿听,年轻的一代也不愿意再听。这些曾经属于骆马湖的人物事迹,现在只属于那些年老的移民户。他们在骆马湖长大,骆马湖曾经发生的一切,都是他们乡愁的一部分。

新 河

受访人员:夏现金(90岁)、刘怀山(83岁)、姚耿忠(76岁)、周继明(76岁)等。

采访时间:2019年9月7日、2020年11月1日全天。

新河,在曹集西部。此地的骆马湖移民为原直河乡直河高级社和中河高级社人。直河高级社由新场、大场、葛场、沈场、杨场组建,共4个队。新场西与大场为一个队,新场东与葛场一个队,沈场一个队,新场北和杨场一个队。直河社主要领导有姚耿奎、闫之大、洪怀权等,姚耿奎为社长。中河高级社由二场、三场组建,共9个队,主要领导有吕俊田、夏现法、王储金等,吕俊田为社长。1958年7月,直河社、中河社迁入靳庄之后,更名为新河,计13个队。

【新河记】新河高级社中的庄子,诸如大场、二场、三场,在中华人民共和国成立前,大都种新沂马家的地。庄子里一直流传着马家的故事,说当时村里有一个叫嘉林的,是个羊倌,专门放羊，不种地，盖大羊圈，一放就放几百只绵羊。有一次，嘉林不注意把羊放到了老和尚地里，啃了老和尚地里的麦子，结果老和尚就把羊打死了。嘉林气不过，带人去讨要说法。嘉林仗着马家势力大，把和尚朝死里打，结果把人打伤了。人家要告官，嘉林没主意了，便去新沂马家找主事人马寡妇，说大奶奶，我来找你。跟人打仗了，惹事了。马寡妇说，那是人打你，还是你打人？嘉林说，我打人的，把人打坏了。马寡妇不责怪，反而竖起拇指说，有种。打官司，走宿迁，上淮阴，我马家人去，花钱不要你一分。你要说，你挨人打了，打坏了，那你是个孬种，挨揍，白挨。这里说的马寡妇，就是马家的实际掌权人，是个传奇人物。

马寡妇的人物形象，在民间流传中已经是饱满的、立体的了，无须再去加工，无须再去创造。马寡妇，本姓陆，名继彦，新沂马圩马将军马从凯之妻，据说出身书香门第，工诗善画。这个形象和民间那个说一不二、做事情雷厉风行、处理事情带点绿林气的干练形象截然不同。当然，也并不矛盾，读书、善画是人物形象的底子，后来一人掌管马家九个门里大小事是能力。好的底子，自然给她在能力和见识上带来很多帮助。说一个人有胆识、有谋略，都是在说他有能力的同时，底子也很好。她与那个时代的大多数中国女性截然不同，具有传奇性，所以流传很远，故事的生命力极强。

太 平

受访人员：蔡鸿学（92岁）、蔡鸿章（89岁）、徐宗彪（73岁）、吴胜云（73岁）。

采访时间：2019年5月11全天、2020年11月7日、2020年11月8日。

太平，在来龙街东。此地原计划不安置移民，现骆马湖移民多为陆圩、西腰路人。1958年迁入时，共6个队、2个社。1队、2队为西腰路人，属胜利高级社；3—6队为陆圩人，属陆圩第三高级社。胜利高级社主要领导有刘荣富、张伯麟、蔡鸿章，刘荣富为社长；陆圩三社主要领导有吴耀荣、高纪伦、陆修裕、葛宜胜，吴耀荣为社长。后来，从1队分出部分人组成12队、13队；从2组分出部分人组成11队；从3队分出部分人组成8队；从4队分出部分人组成14队；从5队分出部分人组成7队；从6队分出部分人组成9队、10队。现共14个队。另，太平之名，为搬迁之前的老庄名。

【太平记】这是第50次采访。村庄空着，老人都去赶礼拜了。他们把灵魂交给耶稣的时候却把苦难留给了自己。我在空旷的村里，等着他们回来。等待时，风里，有一扇门为我打开。我想我们可以省去很多无关的对话，直接说到1958年的某一天。这个时候，我将会给出自己最大的诚意——录音，笔记，认真倾听。我十分乐意为他们数着骆马湖的村庄地名。他们喜欢我嘴里说的人物和故事。这些人物和故事来自其他的一些移民村庄。大家都一样，都曾住在那些被数落出的地方上。在那些大小不一的高宅子上，他们有着相似的生活和经历，都自称"西大湖人"，都在1958年离开。他们那时只信仰土地。他们所有的生存哲学、生活智慧都来自那片土地。在那里，撒一把种子，可以收一季麦子。

我在另一个乡村，被一位90岁的老人追问："我们还能回去不能？"在夜里，我整理这段录音的时候，竟发现，老人家在短短30分钟的交谈里，一共重复了10遍这句话。她所说的内容，几乎都指向这个问题。我说，那里全是水。她只说，能不能回去？我给不了答案。于是，我只能摆出事实。这是多么讨巧的回答，看似给了答案，却一直在答非所问。

  还有一个老人，我已经把他的故事记下了，将在另一本关于骆马湖的小说里，写下他真实的姓名和真实的故事。他在那个村庄里，是个"名人"，上到80岁，下到四五十岁的人，都知道他的名字。他的消息并不灵通，却又时刻竖着耳朵捕捉"回去的消息"。他时刻预备着干一件大事——把已然安眠地下的父母的骨殖带回西大湖。村里人说，有一年，湖里干旱，他不知道从哪儿得到了这个消息，欣喜若狂，贸贸然把久埋于地下的父母的骨殖迁回了西大湖现出的土地上。可是，第二年，湖里又涨水了。他坐立不安，不得已，含着泪，打着自己的腮帮子，再次把二老的骨殖迁了回来安葬在原处。不安生啊，不安生啊。他像是一个幽魂一样，被湖水激来荡去。这个故事里，还藏着更多的细节，每一个细节，都让人不忍听，不忍写。但，文字能打动人的地方，却只有细节。没有细节的文字，只是废话。我渴求细节，能还原真实的只有细节。一代人将尽，有些真实已经随风而逝。借着下一代人的嘴说出来的，都可以去怀疑，甚至可以去否定。一代人将逝，还有一些事情已经找不到属于自己的细节。了解它们的人，已无力表达，一些疾病让记忆先于身体死亡。我很害怕荒着的村庄，没有孩子，没有年轻人，也没有老人，一切都显得虚无。我在村里等待的时候，听不到一个人的声音，只有风，感到些许冷。

城　上

受访人员：吴家梁（90岁）、陆敬宝（90岁）、陆敬武（89岁）、唐兴礼（80岁）等。

采访时间：2019年11月16日、2019年11月23日。

城上，在新庄北，亦称四社，即骆马湖陆圩区陆圩第四社。1958年迁入时共4个组，400多户人家。现有6个队：北城队、南城队、西城队、东城队、中城队、新立队。北城多姓王，南城多姓吴，西城为杂姓，东城多姓马，中城多姓陆，新立多姓赵。陆圩四社主要领导有吴占富、孙成云、陆敬贵等，吴占富为社长。城上之名，为骆马湖陆圩乡城上之旧名沿用。

【城上记】他们说，在城上，没有谁比吴家梁更懂城上了。于是，我来到了吴家梁的家里，坐在老人家的对面，聊了半天的城上。搬家的时候他25岁，他的父亲便是陆圩四社的高级社社长吴占富。他说，城上人都是父亲从湖里带出来的。搬家当天，他家是第一批搬的，社长干部要带头。船到宅边，第一批搬的紧拾慢装，能带的都带了。不比后来滞留杨河滩的那些人，他们顺当得多，船刚到杨河滩，家什没沾着土，直接搬上了平板车，转脚，开往曹集陈墩。这已经是他第四次来到这里，对这个地方已经不再大惊小怪。先是年前他跟着父亲来这边盖房子，打土墙，苫麦草，紧紧张张地劳作，完成上级下达的任务。

等到土墙皮发白，渐渐风干，这里又出现一个小插曲——湖里来人说，麦子生虫，需要停工一次。麦子是农民的命根子。盖屋的事，得给麦子让道。于是留下几个看牛的，赶紧回湖里逮青虫。这青虫不常见，附在麦叶上，闷头吃。他们只能挽着一个小箩筐，一只一只逮。那时候已经有六六粉，也听说用飞机洒药，但他们还是用最原始的方法——手抓，把那小东西逮回箩筐里。逮了多久？不知道，马马虎虎逮完。

二次回来，继续盖屋，这一盖，牛也跟来了，草也运来了，图纸也绘制出来了。他们在这一片空地上，想象自己能造出一座村庄来。只是时间不久，又回去收小麦，小麦收拾清了，又好巧下雨。等到再次回来，地上杂草丛生，先前盖好的房子也倒了一半。这次搬家带着8口人一起回来，已经是第四次到这里。原想着布置停妥，安安心心地过来，结果一切努力付之东流。没有房子住，先在学校，搭了一个棚子住下。当时，这里的地势洼，下雨的时候，水往低处流，全是水。再后来就是坐吃山空，余粮吃完。家里三弟去支援新疆，二弟和他去山东投亲靠友，一家分在几处。最后，多亏了国家救济，才得以回来，吃救济粮度日。等到种上水稻，这边的日子才渐渐好转，越来越好。城上的来历，他也知道一点，说城上因水贼李沛在此抬土垫宅，搭屋叠楼，盖了一座木连城而得名。

大 墩

受访人员：蔡志科（86岁）、范士达（83岁）、王亚章（76岁）等。

采访时间：2020年11月13日、2020年11月14日。

大墩，在侍岭街北，多东腰路人。此地，原计划迁入博爱乡大庄社1—6队。1958年4月，大庄社1—6队部分劳力在大墩打墙盖屋，认领耕地。7月，大庄社1—6队临时改迁黄墩新农。东腰路人遂迁至此地。1958年，东腰路与西腰路属胜利高级社。原迁地在来龙东北匡庄。7月，西腰路与陆圩三社改迁来龙太平，东腰路改迁侍岭，即今大墩。胜利社原有10个队，西腰路1—5队，东腰路6—10队，主要领导有刘荣富、张柏麟、蔡鸿章等，刘荣富为社长。1960年以后，原朱圩、支口、南王沟、吴宅人疏散此地。

【大墩记】原本搬来大墩的人，没有来，地方便空了下来。在路上的东腰路人听说了这个消息，便舍远求近，欣然北上，搬到这里。他们在别人盖好的房子旁住下，把自己盖好的房子留在数里之外的匡庄。他们接着人家犁了一半的土地，继续自己的生活。虽然大墩的岗地和匡庄的没有多大区别，但谁愿意做游子中离家最远的那一个，能近一些，就近一些，这样心里相较而言好受些。侍岭乡原计划迁入2个社，建3个移民庄，一个建在与匡庄同样遥远的朱岭，一个建在最西边的吴圩，还有一个是处在吴圩和朱岭两地之间的大墩。

　　他们的队伍在行进中，可能错过了"原迁入吴圩的人不来了"的消息，否则的话他们可能就地安顿在吴圩。当然，听到有人不来了，心里的波澜还是不小的。他们和自己一样认领了地方，象征性地建了几间房子，一样属于陆圩区，属于新庆大乡，为什么他们可以自寻去处，为什么他们就可以在骆马湖附近？"原迁吴圩的龙岗，迁到了运河南岸，就几步远"，"原迁大墩的大庄人，迁到了新农，就几里远"，"原迁入关庙的九龙啊，也说不让回去，声色俱厉，明令禁止，但九龙人闹了一场，到了的几个人，带着人又私自回去了"……

　　这些来自后方的消息，燃着的火苗一样迅速扩大范围，让大家躁动不安，油锅进了水一样啪啪作响。谁不想回去？谁不想离骆马湖近一些？湖里蓄水虽然已经成为定局，更改不了，搬家非搬不可，但已经有人私自西迁，公然违命，我们怎么就不可以？他们有人托关系，自寻去处，胜利社就不能这么做吗？不说远的，现陆圩区公安助理就是我们胜利社的。我们胜利社是公认的全骆马读书人最多的地方，最出人才的地方。从上到下，大大小小的干部不计其数，在宿迁想搬到哪里，还不是一句话的事情……于是浩浩荡荡的队伍放慢了脚步，都支棱着双耳捕捉最新的消息。

那个说，听说已经有人在跑这个事了。这个说，听说马上就有结果了。那个消息灵通的说，这事有点眉目。这个消息更灵通的说，都别想了，有人找到了公安助理，公安助理不同意，说别人可以闹，任他去闹，你不能带头闹啊，那成什么体统了？那个一向悲观的人插了一嘴，说，早就知道不可能，迁出来，还能回去？九龙人指不定迁外县了，早先就听说迁西藏，迁新疆，迁东海，迁洪泽湖，能迁到这里就不错了。还有一个嘴慢的一向事情不成不会发言的，说，这事回去成不了，就近解决差不离。不能搬回骆马湖，搬哪里不是搬？搬回去整体打散，这儿一户，那儿一户，说是离骆马湖近，也就图个名，插给老队，西瓜瓣一样插花了，还不如搁这里……不过，要是能在这里寻个好地方，挨近街市，生活方便，比真回骆马湖也差不了多少……那一个乐观派说，差不多，估计就这样了，附近有什么好地方？来龙街不小，曹集街也可以，关庙太远了，大墩离侍岭街不远……去大墩的人没来，大墩正好空着……大墩是个好的选择，大墩原本就是计划安迁地，他们不来，我们回不去，到大墩可能性最大，上面也不会不同意……

  如果说，数里之外的匡庄不曾是东腰路人的选择，那大墩是。大墩，是他们的选择，他们最后真的在老宿迁县最北边的一个乡停下自己的脚步。胜利社的西腰人的去处似乎比他们稍好，去了来龙街，来龙街比侍岭街繁华得多。当然这个不用眼红，毕竟西腰路的读书人最多，人才最济，能耐比东腰路的大，还有公安助理也是他们的西腰路人……唯一美中不足的是，胜利社分在了两下，虽然没有像西瓜瓣一样被插花了，但一分两半也是个代价和遗憾。

永 胜

受访人员：陈慧军（91岁）、王琪凤（90岁）、赵花荣（90岁）、姜德亮（86岁）、张家山（86岁）。

采访时间：2019年6月18日、2020年5月6日、2020年5月13日、2020年5月27日。

永胜，在保安镇街北，此地原属吕庄。1958年，为来龙乡管辖。迁入永胜的骆马湖移民为原陆圩区陆圩一社社员。1958年4月，陆圩一社人到此地认安置点，并在此建房八九间，栽种山芋若干亩。陆圩一社，由后张庄、孤丁庄、书院场、赞化宫、小中场、南云寺、吴宅、东吴宅等庄创建。共7个中队。1队，为张庄与孤丁庄人；2队，为前张庄人；3队、4队，为书院场人；5队，为赞化宫、小中场、南云寺等地人；6队，为吴宅人；7队，为东吴宅人。主要领导有张俊迎、徐绍堂、陆权山、丁乐志等人。其中张俊迎为社长，全权负责。

【**永胜记**】永胜现在有14个队，正好是60多年前初到这里的一倍。在这60多年里，永胜人开枝散叶，从原1队中分出一部分孤丁庄人，组建了永胜8队；从永胜2队中分出了部分前张庄人，组建永胜11队；从永胜3队分出部分书院场人，组建永胜12队；从永胜5队分出部分东吴宅人，组建永胜13队；从永胜6队分出部分吴宅人，组建永胜14队；从永胜7队分出部分东吴宅人，组建永胜9队、10队。

我初到永胜采访时，有两个记忆深刻的点。其一，是新队的受访者，总是不约而同地强调自己原为老队某队。其二，是最初安置落户的 7 个队，在地理位置上一如在骆马湖里一般——孤丁庄人，在湖里住在庄子的西北方向，现在仍然如是；前张庄人，在湖里住在孤丁庄人的东南方向，现在仍然如此；吴宅人原住在孤丁庄人之东，赞化宫人原住在吴宅人之南，东吴宅人原住在吴宅人之东，等等，现如今莫不如是。这曾一度让疲惫中的我莫名感动，心头温热。

　　再次去永胜采访的时候，我就带着十几份 1957 年的骆马湖老地图的复印件。在采访的开头或者结尾，我把地图摊开为受访者指出他们在地图上的故乡。他们为我把地图上故乡"放大"——让我看到一座村庄的细节，看到村庄的人家、巷道、树木、水井，看到人家的屋檐、围墙、院落，看到门里的主妇为贫瘠的日子劳碌操持，看到场外的劳力牵着黄牛披星戴月而归。骆马湖没有水牛。一位和牛打了半辈子交道的老人对我说，水牛的到来在搬家之后很久，在黄牛不习惯稻田里的犁耙之后，水牛才从南方被引进过来。水牛也是这块大地上的新定居者，它们和水稻一样。其实，骆马湖有种水稻的条件，骆马湖的土地肥沃，水资源也不缺，但就是没有水稻。每年，骆马湖人的牛车从湖里拉回来的，是旱地的麦子和豌豆。这是一对伴侣，骆马湖人的麦田里几百年间固定的搭配。麦子和豌豆在湖里共同成长，同时被收割。聚在地图旁的老人，回想着麦收的情景，他们把一捆捆麦子从宽大的牛车上卸下来。那车的木轱辘就有半人高，一次可以运上十亩麦子。它在土路上缓行，穿过被收割过的田野，尘埃不起，声动数里。他们把麦子卸下来，铡刀从麦秆中间铡开，一分为二。一次播种，两样收获。

民 主

受访人员：郭兆侠（95岁）、周纪敏（83岁）、刘启军（80岁）、尤守前（76岁）、孙光银（76岁）等。

采访时间：2019年11月24日、2019年12月1日、2019年12月22日、2020年6月7日、2020年6月10日、2020年7月8日。

民主，在来龙最东，与沭阳县交界。此地骆马湖移民多为老和尚场（即新庄）、陆举人场（即陆场）、季福康场、马场、姚场、安场、张宅子、夏朱场、王宅子、草场、学田场人。1958年7月，迁入来龙时为两个社，即民主社和新立社。民主社由老和尚场、陆举人场（陆场）、季福康场、马场、姚场人共建，共6个队，主要领导有邱德新、刘汉平、张友才等，邱德新为社长。新立社由草厂、张宅子人共建，共14个队，草场1队、2队、张宅子为3—14队，主要领导有王士秀、江德田等，王士秀为社长。1959年前后，新立社草场一分为二，向良庄迁一部分人。现民主之名为民主社之旧名沿用。

【民主记】郭兆侠，是我所有受访者中年纪最大的一位，95岁。当一个95岁的老人对我说她还记得的时候，我相信，61年，过去的只是时间。她甚至已经记不得自己儿子的大名，记不得这一生有过几个儿女。她对着我一遍又一遍地唤着另一个人的名字：门外那个已经76岁的老人——她二儿子的乳名。她把我错认成她的孩子。她说起搬家那天，仿佛就在说着昨天。仿佛这一生的所有苦难一直在追赶着她，她用一生的时间，也冲淡不了，摆脱不了。她的记忆异常地清晰。她坐在沙发上，双手摊在胸前，仿佛是捧着一个婴儿，婴儿在哭。她在表演婴儿哭的模样，皱纹堆向眼睛，遮住了所有的光亮。然后，身子重心向后，两脚在空气里乱蹬，模仿着孩子的哭声，绝望而持久。眼泪，落了下来，不知道是婴儿的眼泪，还是她自己的眼泪。我不敢看她。她的手始终捧着，那里有一个婴儿，婴儿在哭。她让我知道，婴儿在哭，婴儿的双脚在空气里乱蹬，哭声绝望而持久。但她模仿得再像，手却一直是她的手，我看不到婴儿的手，看不到这双稚嫩的双手会抓住什么。我还原不了细节，只是在倾听，在她的对面，告诉她那场移民早已结束。结束的事情，就该顺理成章地进入档案，尘封起来。虽然，我也不知道，这些文字以后的命运——是在角落里承受灰尘的冷落，还是承受着时间一点点吞噬。

　　我原以为，61年，很多记忆，应该早已模糊不清。因为很多记载它的文字语焉不详、模糊不清。记忆和文字，这两个看似可以永恒的东西，都熬不过时间。时间如水，注定流逝，注定不可阻挡。但令我没想到的是，老人的记忆却没有模糊。她第一次让我相信，人的记忆不是时间，不是水，它沉在水下，是水下的石头。她让我看到，真正属于一条河流、一座河床的到底是什么，让我相信，水落石出、石破天惊。她说，过晌，搬的家，怎么能不记得？孩子才两个半月。（那样捧着，正好。）孩子在哭，双脚在空气中乱蹬，每一脚都蹬在心口。（是，和我想的一样，只是我不知道会蹬到心口的位置。）孩子眼泪都淌干了，就只剩下滴。（流干了？他才两个月多，有多少泪？）不成串，一直滴，（在滴！）滴在她脸上（该有多烫！），滴在她手背上。她费了好大的周折，才止住了孩子的哭。（谢天谢地！）孩子不哭了，却开始了无声地流泪（无法相信，也无法想象），干淌着眼泪。一面流眼泪，一面抽搐，她不知道怎么办才好。（一个母亲，不知道该怎么办才好。)

她把眼光从孩子的脸上转移到别处,投到不远处的丈夫身上。她第一次觉得丈夫矮小、瘦弱,也像个孩子。他抱着一袋小麦,身下坐着一盘石磨。当她发现丈夫矮小、瘦弱,像个孩子一样的时候,就把眼光投向了那袋小麦,呆呆地看着那一袋小麦。是的,那一袋小麦给了她希望。她想活下去,为那一袋小麦而活,就像在没辙的时候,总得找个理由活下去一样。后来,在我的追问下,她又向我解释,这一袋小麦并不是什么种子粮,并不是留着生根发芽的。事实上,这些小麦并没有等到下一个春天,他们只用了一个月,就吃光了它。春天,种子是人们的希望,而粮食本身就是希望。粮食,更可靠。接下来,她们将要挨饿。虽然他们早就知道要挨饿了,他们只有一袋小麦。饿,早晚都会来的,所有人都看到了。

附录（采访录音摘录）：

声 音

我是坐在水缸里，被推来的，豁亮豁亮的，像一口被移动的井眼一样……

——孙成理，78岁，来龙太平

当时说，来此地创鱼米之乡，将来子孙都睡在树底下吃桃。

——高喜年，88岁，来龙太平

到这里，先认了地方，就是现在前进3队的地，那时候是个空地，无人居住。把东西卸在那里，当晚借住别人家，三四家人住在人家的一个小过道屋里。白天去看东西，也没什么东西，就一张大床、一张八仙桌子，两大件，最后也都卖人烧锅了。此地1960年来水了，开始栽水稻。水是骆马湖水。我们人到这边，还把骆马湖水带到了这边。

——李延彬，86岁，曹集前进

是8月底，在等开学，我还在杨河滩。入学通知书到家的第二天，我光身（骆马湖方言：独自）一人，从杨河滩跑过来报到。小鸡刚张嘴，就出发，到了后半天才到。当时，我14岁。那一条到保安的路，我一辈子都记得。它是我14岁之前走过的最长、最难的路。

——薛以彬，78岁，保安永胜

搬到这里的原委，也能排一出戏。我是唱戏的。戏如人生，人生如戏。我23岁结婚，结婚23天搬家，巧不巧？原本我们是要搬到新庄子的,因为我们有剧团,就被留在了曹集街。他们原本只要我们28人。我们一个戏班子就28人。我们社长不放人,说要留就留一整个社。人家说,好。就这样,因为我们几个唱戏的,把整个社都留下来了。奇不奇?还有,搬家先在井头,我们在井头唱戏,差一点被井头要去了。曹集书记徐锦梁连夜过去,把我们要过来的,徐锦梁连脸都没洗呢。

——郑成志,88岁,曹集快乐

搬到来龙之后,在来龙没吃过一天安稳饭。一天一趟去杨河滩挑草,牛吃的人烧的。我父亲就喂牛。看牛吃东西,真香。

——王万忠,82岁,陆集东风

这里的地,叫干如铁,烂如泥。干的时候,使榔头砸,能出火星;下雨天,到处稀泥,粘脚,泥水爬脚面。

——孙光银,78岁,来龙张宅

到来龙先住小棚子,两檐到地,山头棚子。我独记得,棚子上斜斜地挂着一盏煤油灯,半夜被臭虫咬醒,看到灯光照得到的地方,比如棚顶,像人的肋骨一样,一根一根的。

——袁顺之,83岁,来龙耿陈

一搬来时,先住在老庄上。我给人家烙煎饼,用人家的磨拐自己的面糊,用别人家的鏊子烙自己的煎饼。后来住了不几天,又搬去唐庄住了一段时间。这一回住人家锅屋。不几时,又到罗墩。一直到八月十五,才到这里。南瓜大的月亮啊,亮汪汪的。

——沈红云,92岁,来龙张宅

搬迁那会儿,我们属太平社,被安排在曹集新庄。到了那里,我家是在曹集小学住的。我们的安置地,是北湖那块旷地。初到这个地方,岗地,没水吃。此地人都是大黑牙。

——张明环,86岁,恒佳花园

到了这边,老天直下雨。俺母亲抱着我,到了来龙庵。那时候,来龙庵还有香火,披红挂绿的。庵里有一具干尸老和尚,胖胖的脸,慈眉善目的。

——王振林,78岁,来龙太平

没搬家之前,1957年,我就来了此地。这边地不好,没有劲,我从湖里拉牛屎来,骆马湖的大车,三轱辘,用五头牛拉来的。我拉满满一挂大车干牛屎,拉到当地户的田里、场上,目的是留着过年我们来栽山芋种的。这边山芋,靠骆马湖牛粪,才长好一些,没闹什么饥荒。栽山芋的时候,先和一个泥塘子,放水,把干牛粪放在里头搅,搅不动了,放山芋。山芋出芽,长叶子,长茎,再把茎斩了,分栽。

——王宝富,82岁,来龙太平

搬家那一年,我正好参加考学,我们那一个班里一起来的,还有7个人——王万林、胡万勋、吴凤林、张洁、陆远、陆旭华、胡万军,都是头天换好粮票,第二天坐小筏子出来。当时,考试的地点在这边的来龙中学。我还记得,当年的作文题目《母校新气象》。

——许宗彪,78岁,来龙太平

我是沈渡口人,父家搬到林圩,这边是夫家,嫁到这边来的。

搬家那一年，林圩那边旱稻丰收，我们骆马湖各队还抽出劳力，去帮助他们收割旱稻，互相帮助，用现在话就是义务劳动。

——朱法珍，82 岁，曹集前进

一开始我就来盖屋的，我们前进就搬到这个地方，老地点叫陆庄。此地也住人，等到我搬家的时候，他们就搬到西边住，把地方腾出来了。我们在曹集西三贤庄住了几个月，才朝这边来。

——顾振起，90 岁，曹集前进

到了当地之后，没有草烧，茅草鲜，烧不着，于是就抽房顶的芦苇，时间一长，屋子也抽漏了。还有床帮、床板，今天一个，明天一个，家具都被拆了。老太太遗留下来的供桌，没有办法，也劈了烧了。我结婚陪小八件，今天箱子，明天书桌，最后还剩两个马杌子。

——蔡鸿章，88 岁，来龙太平

我们这个地现在叫良庄，以前是福利院。从骆马湖搬过来的时候，地划在这边，住在草场。一到农忙时，要走很远，宅子几乎都走空了，生活不方便。于是就有几户过来盖屋住下。我们看他们住下来，也陆陆续续从草场搬过来，最后一整个 2 队都搬来了。我们草厂分东西两个庄子，东头半截是 1 队，西头半截是 2 队，搬到这边时，还是这样，我们 2 队还在西头，不过隔得远了，好几里路呢。什么时候搬过来的？这个时间是在 1959 年左右。

——卢宜凤，85 岁，来龙良庄

第五章　在运西片区

……双庄、黄墩、皂河、赵埝,该区土壤沿废黄河两岸呈条带分布,其分布状况符合"急沙慢淤"的水力分选规律,由近及远,一般依次分布着飞沙土、沙土、两合土和淤土。由于黄泛沉积物,多从半干旱的西北黄土高原带来的黄土,含有一定数量的可溶性盐类,使地下水矿化度增大,加之我县年降水量小于年蒸发量,在干旱季节盐随毛管水作用上升地表,长期使土壤表层盐分聚积,形成碱性潮土和盐性潮土。

——《江苏省宿迁县土壤志》

1958年，骆马湖移民的运西片区范围，仅限皂河、黄墩两地。据《江苏省宿迁县地名录》"皂河公社"条、"赵埝公社"条、"黄墩公社"条，可知原皂河乡行政区域包括新化、刘庄、刘甸、街西、街东、张庄、谢庄、王营、八井、七堡等地。黄墩乡原区域包括：闫集、袁甸、袁宅、金庄、曹瓦、农科、李甸、曹甸、马桥、刘口、尚营、魏场、吴园、英庄、柳湖等地。1958年4月，皂河乡原计划迁入骆马湖移民两个社21个队；黄墩乡原计划迁入6个社37个队；迁入安置的方式为安插老队，不集体建庄。1958年8月，具体安置时，又有5个高级社临时改迁至双庄、皂河、黄墩等运西片区。

在我实地采访中，原迁社和临时改迁社在安置上有很大区别。原计划迁入社，大都安插在老庄，大都打得很散，如迁入黄墩尚营的原陆圩七社和迁入黄墩曹瓦的原红星高级社——陆圩七社，原有6个队，打散安插在尚营陈庄、小张洼、皮庄、汪庄、新建等地。红星社，原有7个队，全部打散分别安插在曹瓦茶叶店、小曹庄、小瓦房、小刘庄、郑楼、闫庄、高庄、夏场等地。改迁安置社，大都相对集中一隅，比如，改迁安置在皂河乡的龙岗高级社和胜利高级社。龙岗高级社原8个队，安置时全部集中在皂河小庙东部；胜利高级社原8个中队，大部分集中安置在谢庄西部王营东部。另，根据我实地采访考证：原计划安插在皂河的两个社，为二庄社（安置在现新农）和马场社（安置在南新化，后再迁至新立）。二庄社，原有15个队，马场社6个队，计21个队；原安插在黄墩的6个社为陆圩五社、陆圩六社、陆圩七社、红星社、吴甸社、大甸社。陆圩五社7个队、陆圩六社7个队、陆圩七社6个队、红星社7个队、吴甸社4个队、大甸社6个队，共计 37 个队。此外，太平社、龙岗社、大庄社、长胜社、陆圩二社，均临时改迁安置在运西片区。太平社原安置地在来龙陈庄（长安东）；龙岗社原迁地在侍岭吴圩；大庄社原迁地在侍岭大敦、朱岭（大庄社 1—6 队迁大敦，7—12 队迁朱岭）。长胜社、陆圩二社原迁地在关庙长兴、泰山。

九 龙

受访人员：陈家章（92 岁）、陈家义（86 岁）、马惠兰（86 岁）、吴光荣（86 岁）、陆荣清（86 岁）、高维华（82 岁）、刘纪荣（77 岁）等。

采访时间：2019 年 6 月 9 日全天、2019 年 7 月 2 日全天（访 2 队、3 队）、2022 年 2 月 10（补访）。

九龙，在双庄。此地骆马湖移民多为九龙庙、新闸两地人。1958 年，九龙庙、新闸属太平高级社，共 12 个中队。其中，1—5 队在新闸，6—12 队在九龙庙，主要领导有汪德荣、吴应之、胡西沧、陈家章等，社长为汪德荣。太平社原迁地在来龙长安东小陈庄，1958 年 8 月，临时改迁，安插在运河南岸石簊。1965 年，在现九龙村下面集中建屋，重新规划，建 6 个组。一组为渔业户口，2—6 组为农业户口，领运河北岸及原杨河滩土地 1800 亩。人住河南，地在河北，忙时与闲时，均需摆渡。

【九龙记】九龙，沿用原河北乡九龙庙之旧名，老辈人亦称九庙，年幼者或外乡人，不懂缘故，往往疑惑，终隔着一层。九龙庙，有庙，九龙没有。虽然处处黄土皆养人，但总归不一样，少了些什么。

初到九龙，我先听了一场九龙庙祈雨——"一求雨，二求雨，三请龙王下大雨（有附和声，类似船工号子）。大雨下在麦田里，小雨下在菜园里。蒸了白馒头俺再敬龙王……"这是歌谣，是祈愿，也是咒语，需要大人小孩齐声念，满心虔诚地念。把龙王从庙中请出来，供奉在祭祀用的大桌子上，6个劳力光着膀子，要抬着龙王绕村三匝。两个劳力分在左右跟着，用柳条子蘸水，不断洒向四方，后面跟着的人要唱上面提到的歌谣。大家齐声唱，队伍浩浩荡荡。请雨，要一套流程。等一切礼毕，再送龙王爷回庙里面将歇，供奉。请龙王，祈雨，是隆重的大事。一庄子的人都要跟着，献出诚意。人是万物之灵，众灵气汇聚，自然感动天地。所以，往往祈雨的结果，以大雨滂沱为终，圆满的结局。我最初也想请老人家为我表演，再现祈雨场景。但一无龙王可请，二来风调雨顺，三则无人帮衬——能再找一个一起回忆的人，都难找，儿孙满堂，膝下热闹，唯有自己的回忆处冷冷清清。到了一定年纪，人的回忆就成了一个端口，人只身站在这个端口处，佝偻留恋，看里面外人见不到的热闹，却留给后人一个孤孤零零的后背。

聊天时，老人往往聊着聊着就不说话了。老人家攥着话头，仿佛是向深井里投下一个木桶，绳子在下坠、下坠，无声下坠，不知道什么时候"啪"的一声碰到了水面，又紧紧拽饬井绳，想啊想啊，表情丰富，酝酿，集中，绳尽水见，回到眼前。我印象最深的是陈家章。在4年时间里，我采访过陈老3次。陈家章是太平社的总账会计，主要领导之一，对太平、九龙、新闸应该极为熟络。他是移民的亲历者，比谁都清楚。他也比谁都老，92岁了。4年里，他的听力没有减退，但说话吃力，嘴唇兜不住口水，未曾说话，先流一摊口水。他还能把一切说出来了，尽管心有余，力不足，撑了半小时，最后只好摆手，只剩下一句"忘了，忘了"。

人的岁数就是阶梯啊，攀得高了，力气就不够用了。他在高处，看到的、说不出的，还是往昔的那个有庙的九龙。回忆里天地是宽的。他在回忆中看到的那个自己太年轻了，那时不会想到多年之后会被囿在一间狭小的自行车车库里。他也曾是叱咤风云的人物。太平社从来龙一夜回迁，就与他有关联，是他越级上书淮阴，是他陈述申辩，直言回迁的好处：骆马湖蓄水以后，肯定搞渔业，太平社人住在湖边，都会逮鱼，有点基础……最后，他私自回迁，最终带动大家一起回来。

1954年，运河区两个地区搞初级社，一个是东湖边的陈太兰，另一个就是陈家章。他办了个初级社，就21户人家、3头牛，没有土地，白手起家，最后老和场国有地给了40亩。初级社怎么干？教科书里没有。他自己来，按劳务分5成，土地分4成，摸索着来。后来有人说摸着石头过河。他心想，不新鲜啊，谁不是摸着石头过来的？他自负啊。他实行劳动力分红，土地分红之后，骑驴找马，愣是把运河区第二个初级社建起来。据说，1955年分红时，分红很好，大家积极性很高，都信他陈家章。2021年年初，我在九龙80里之外的来龙长安采访时，还有老人说起了陈家章。他的名字留在了很多人的记忆里，那是他的辉煌时刻。1956年，原陆河村、九龙庙、支口、王沟、岔口等5个大队推选他为总账会计，"挂五国相印"，每个月账目拿来让他过目、审核，风光无限。

1964年，他做九龙村书记，开始盖屋，解决多年来安插老队借住人家的问题，上来就啃了个硬骨头。此地原是低洼之地，第一件事便是取土垫宅；第二件事是房料供给，这个需要到移民办公室去取。九龙人抗命回迁是第一个，陈家章又是出头的椽子，移民办公室见来要房料的是他——上了黑名单的陈家章，直说没有。他一连去了数月，软磨硬泡，开始以为是欺负他，后来才知道，属于他们的房料都搬到原迁地，这会儿早用了，没法，最后只得要了些毛竹，用毛竹做桁条。结果，第二年，一夜大雨，房子全倒了。于是再要毛竹，再盖，风雨中的水手一样，与命运硬抗。把任务分出去，几户承包1队，另几户承包2队、3队、4队、5队、6队。一夜之间，众人齐心，叫倒下去的房屋重新站起来，把日子从狂风骤雨中硬拖到艳阳下。房子盖齐，认领房屋，人多者三间，人少者两间。一个家园，从无到有；一方人，从散落到重新再聚集，收拾旧山河，迈步从头越，创世纪一样创出来……

九龙人的经历，大多数移民村都有同样的经历，但少有人如陈家章讲这么细，大部分人摆手说忘了。他没忘，只是累了，要休息了，回到这间低矮的自行车车库里……最后，他让我把门从外头带上。我退出去，听见"咔嚓"一声，回到了现实，仿佛看到回忆的端口关闭。

龙　岗

受访人员：李秀生（90岁）、陈彩荣（88岁）、史文生（83岁）、张绪华（83岁）、蒋文彪（82岁）、蔡万辉（74岁）、郭来贤（62岁）等。

采访时间：2020年12月12日、2020年12月20日。

龙岗，离骆马湖3里水路，在皂河镇东，大运河南岸。此龙岗在地图上标注为新龙岗。原龙岗乡，在运河北岸，属陆圩区，辖三里沟、郭庄、龙岗、李甸子、钟甸子等5个小庄。1958年动迁之时，龙岗乡创两个高级社，其一为龙岗高级社，由三里沟、郭庄、龙岗人创建；其二为长胜高级社，由李甸子、钟甸子人创建。1958年，龙岗社原计划迁入侍岭西南吴圩。4月，李秀生、陈彩荣等提前到吴圩打墙盖屋,使牛犁地,种高粱、玉米数十亩,盖土屋120余间。龙岗社有8个队,主要领导有潘永权、张有余、陆永富、王振全、何文州等,其中潘永权为社长。现龙岗有8个组,1组为三里沟人,2组为郭庄人,3—8组为龙岗人。根据1960年江苏省水利局水利工程总队勘测队测绘的地图显示,1960年,新龙岗有465户、2119人。

【龙岗记】龙岗高级社原迁地在侍岭吴圩,去骆马湖50里旱路。退到1958年,没有代步车、自行车,没有开阔的道路,只剩下双脚和从脚下延伸出去的土路,只剩下扎了布条的裤子腿。行军一样的一路日升日落。90岁的李秀生和88岁的陈彩荣都曾到侍岭的吴圩盖房子。他们除了行军一样地赶路,肩头还得担一根扁担。扁担绑着两条紧绷的麻绳,麻绳提着下坠的草料或者青砖。脚上的鞋,不敢想合不合脚,双脚磨破了,也得走路。人不金贵,脚生下来,本就是要与路磨。还有,青砖是做新房的屋顶望砖,早一时,晚一时,问题不大。草料是牛吃的。人虽吃苦活该,但替人吃了苦头的却是牛,人不能昧着良心,装瞎看不见。在很多时候,牛是人的伙伴,也是人的依靠。卸下肩上的青砖、草料,牛吃草的声音,可以抚慰人的心灵。人的满足和放松,在这个时候,变成了一种甘愿付出的值得。陈彩荣说,一共带去了3具牛,一具两头,一共6头。后面的话是解释给我听的。我是农民的后代,祖父、父亲都是农民,都使过牛,到我这一代,连1具牛为两头牛都不曾听说。我当它是知识,听过,习惯性地强记下来,以后有没有用,也习惯性地不去问,不去思考。对我的父辈、祖辈而言,这就是生活。具牛顷地。两头牛耕一顷地。这是农家的配置。才隔着一代人的时光,时代的分割线却是如此明显。上一代人还能看到这块土地上承袭千年百年的古老的农耕景象。这一代人就无法想象。是的,想象,绝不是山水画中的农耕景象,而是老农嘴里的面朝黄土背朝天,是"锄禾日当午,汗滴禾下土"。陈老说,牛也是赶着去的,牛也走了50里。人没闲着,打墙,盖屋。牛也没闲着,犁地,种高粱。

农民的生活就是这样,牛加入了人的生活。皇帝是马背上打的江山,我们农民是牛背上建的家园。自古以来,农民不靠皇帝的江山来养。皇帝马放南山之时,江山就搁在农村的牛背上,搁在农民的脊背上了。他们把自己的根须扎进牛背和农民的脊背,吮血食肉,开他们的花,传他们的代,记他们的史。他们的花,都是艳丽有毒;他们的史,都是兵戈铁马,与牛无关,与农民无关。

侍岭的地比不得骆马湖啊,骆马湖是红花淤,不用耕。一方土地养一方人。骆马湖人被骆马湖的土地惯坏了。骆马湖人懒散,一年一季麦子,富足清闲,做皇帝女婿,都嫌路远。但侍岭是老岗地,遍地砂礓,日子是泡在苦水里的,此地人种地,种一葫芦,收一干瓢,一年收成连种子都不够。骆马湖的牛都不曾吃过这样的苦。可是吃苦,又何尝不是牛和农民的本分呢?吃得苦中苦,方为人上人。这是读书人的苦,为的是人上人。农民吃苦,就是为了吃苦而吃苦,就像为了活着而活着。

龙岗社的人在原迁地盖屋是最多的,龙岗社的牛在我的采访中开垦的土地、种下的种子也是最多的,120间房子,数十亩土地,只是短短的一两个月时间。在我的采访中,骆马湖人在迁入地盖房子盖的最少的只有4间。同样的时间,在同样的土地上,龙岗社人多付出了30倍的努力,多吃了30倍的苦。龙岗社人改迁运河南岸,对他们来说是个意外之喜,当然也是人努力的结果。这里只说惊喜——据说搬迁当天,龙岗社全体社员在草坝开动员会,社里请了柳琴戏班,一番咿咿呀呀,人都没心思听。忽然,社长潘永泉接过话筒，话锋一转，激动地对大家说，现在有一则好消息告诉大家，不迁侍岭了……全社人沸腾了。好消息借着老人的嘴巴从遥远的1958年8月的草坝传入我的耳朵里……在我采访的骆马湖移民中，龙岗人无疑是最幸运的，他们的所迁之地离原住地仅一河之隔，仅仅是从运河北岸搬到了运河南岸。

谢庄、王营

受访人员：李家风（88岁）、钟克秀（87岁）、李家居（87岁）、李有哲（85岁）、王万云（80岁）、张成月（78岁）、李先科（78岁）等。

采访时间：2021年1月9日、2021年1月10日、2022年2月4日补访。

谢庄、王营两地移民，为长胜高级社社员，是原陆圩区龙岗乡李甸子、钟甸子人。长胜社，原计划迁入关庙长兴。李甸、钟甸人李家风、钟克秀等曾到关庙长兴盖队房10余间，犁地10余亩。两地共有8个中队。1队、2队、3队为钟甸人，1958年8月安插在皂河谢庄，后集中重组为谢庄3队、6队；4队、5队为李甸人，1958年8月安插在皂河王营，后亦重组为王营1队、2队；原长胜社6队、7队、8队为李甸人，1958年安插在皂河街西，后称街西14队（2020年街西14队已经拆迁重新安置他处）。1963年后，长胜社向南蔡乡长庄、新蔡、徐庄、南蔡、路南果园、兴跃、陈圩、范社、苏黄、肖陈、黄桥等地疏散安插人口。长胜社主要领导有康茂林、骆成美、于开合、于老奉等，康茂林为社长。

【谢庄、王营记】长胜社,是我访到的第一个临时改迁社。从谢庄、王营采访回来之后,我才真正地明白,并试图还原姚耿荣1958年5月6日拟就的那份移民计划表。在该表中,关庙乡原计划迁入4个社,建4个移民庄。但在此之前,我到关庙乡采访,却并未发现一个移民庄。记得,我第一次拿着姚耿荣的那份计划表走向关庙的时候,非常茫然。我一路从水汉问到林河、陆相、崇河,皆没有人可以告诉我哪里有移民庄可访。

有一个人好心地带着我穿过那座村庄的小巷,说着话,吸着烟,不断提醒我,前方那家就是……他是个热心的人、善良的人。他的背影不宽大,但一直在记忆里引领着我,照亮着我。我们在这个庄子中的一户人家门前停下了。他告诉我,这家就是移民户……和他一起来的,这个庄还有一户,只是他们两家离得远些,到那边去他也可以陪着……于是,我就这样来到了这个移民户的屋檐下,和主人说起了1958年,但主人却坚定地转到1959年。他告诉我,他的1958年,不属于关庙。他在抵达关庙之前,还在别处停留一年。和他一起从湖里迁出来的邻居,都在另一个乡的村里,和他一起迁入关庙的,也都在1959年……我那时,还没想到计划好的事情也会临时变卦。我把这次采访的"失利"归结为行政区域的调整和重新划分,才导致了计划表的失实失真,即把原属于关庙的移民村划入了新组建的乡镇中,比如保安、新庄。

我回来之后,按着《江苏省宿迁县地名录》把1958年的关庙行政区域重新还原了一遍,结果更茫然了:现属保安的移民庄永胜,原属来龙乡;现属新庄的移民庄太和平、朱圩、城上原属曹集……关庙并无一个移民庄。这下,我就只能怀疑姚耿荣的简报了。尤其是当我把1958年的关庙还原之后,1958年的曹集、来龙也跟着还原了。当现在的新庄乡的移民庄归了1958年的曹集,现在的保安乡移民庄归了1958年的来龙之后,简报中关于来龙、曹集的建庄数也都不准确了。这个简报中的计划表简直"漏洞百出",不值得相信。于是,在此后的采访中,我再也没拿这张原始计划表。

　　一直到了皂河谢庄、王营,到了王营村李家峰那间坐东朝西的厨房中,我才又一次想起那张计划表。它几乎是瞬间从我的记忆里跳了出来。我请李家峰把前一秒钟说的那句话重新说一遍,我自己又重复一遍,向周围的另一个老者确认。他们说,不能有假,他们是亲自到关庙盖房的。而且,当时盖了多少间,在哪里领的房料,带了几头牛都非常清楚,千真万确。也就是说,原本长胜社迁入地是关庙,而实际动迁时,临时改变了。他们嫌路远,且迁入地的土地不好,不长庄稼,不如掉头向西,就近安置。那与长胜社人一起去关庙盖屋的人,还有吗?有。李老非常肯定。但不知人家属于哪里。一个骆马湖四五万人,谁能说清楚呢?老人家说得没错。我虽然有些不满足,但多少有些喜悦,因为它至少说明了姚耿荣的那张表不假,它就是最初的规划。那张规划表正如简报所言,已经被落实了。它的计划迁入地已经被骆马湖人认领了,已经盖了房子,犁好了地。长胜社就是关庙最初计划迁入的4个社之一。还有,要是继续访问,把全市所有移民庄全部访问完毕,一定还能找到其他3个社的名字。表上的所有信息,都能被还原。这个问题很迫切,尽管无关宏旨。但现在不解决,等到这一批健在的移民亲历者故去,后人再去费力考证,必定困难重重,且错误很多。时间不等人,得赶快行动。我告诉自己。

新　农

受访人员:姚明山(91岁)、曹殿贵(90岁)、张明信(90

岁)、沈秀文（87岁）、张季伦（80岁）、戴书琴（76岁）等。

采访时间：2021年4月17日、2021年4月18日。

新农，为老博爱乡迁移之地。起初地少人多，分散在于连庄与闫南，即现在要武1—6队，闫南1—3队。现在的新农移民户为大甸高级社社员（新农2队、3队、姬甸、韩甸、大甸人）和二庄高级社社员（新农1队、4队、5队、6队、7队、8队，张恒庄、汪东庄、东小庄、上河头人、下河头人、小于庄人、小李庄人、小朱庄人）。大甸高级社有6个中队，主要领导有吴景才、李风才，吴景才为社长。二庄高级社有15个中队，主要领导有许康恒、张加一、王怀喜等，许康恒为社长。

【新农记】初到新农，停车借问何处有骆马湖移民，老人家含笑不语，倒是一群中年人围过来，问找骆马湖移民何事。这时我才注意到，这一条街上，凡是能听到我的声音的人——窝在墙角里的，修车的，闲聊的，抽烟的，都齐齐地看向这边。于是我也笑了，他们不是骆马湖移民又是谁？我过去找个位置，挤在他们中间，给他们递烟，点火。

新农，新农，名字里占个新字，是个新庄子。新农的街面不小，一条街，街东是1队、2队、3队、8队，街西是4队、5队、6队、7队。队与队之间也界限分明，是名副其实的移民街。我跑遍宿迁所有骆马湖移民聚集的村庄，骆马湖移民要么是偏居一隅，如英庄姬庄场、长胜陆庄；要么是在街道一侧，如来龙太平、新庄太和平、曹集团结；没有一座移民村像新农这样，成为热闹的中心，繁华的街市；没有一个像新农这样，能在大街上随便拉一个人就可以采访。他们能在街心的店铺里，一面做着生意，一面接受采访。在新农的街上，人群聚集的地方，如修鞋的、配钥匙的周围，我一次可以访问六七个老人。这让我一下子觉得幸福满满，中了七位数一样，不必辛苦地挨家挨户去敲门，去问，去准备一根竹竿防范那些不声不响就扑到脚边的恶犬。坐在街头，抽着烟，我顺带着就能把要采访的内容采访到。

几年间，我去新农5次，采访的人数最多，除了在街上采访，新农的几个队也都走了一遍。我印象深的是姚明山。姚明山老人是这一带年龄最长者，91岁，身体硬朗，自己依旧可以忙家务，访朋友，做饭。他和老伴的一栋小房子在前面，和子孙一个院墙里，同出一道门，但又相互独立。在早已需要人随时照顾的年纪里，他依旧可以为自己的大家庭分忧。他是忙碌的，自己种了园子。姚老是二庄人，站在91岁的高峰，回望过去，他比任何人看得都远些。他说，二庄，听父辈们讲，最初就四家人，姓王的、姓戴的、姓姚的、姓孙的，从山西大槐树喜鹊窝下搬来的。二庄和前面小朱庄在新中国成立前是一个保——四保，中华人民共和国成立后，也是第四村。1950年二庄歉收，乡里安排到支口吃几个月临庄。上头给支口粮食，支口扶助二庄人度过困难时期。当时，他父亲吃两家，他母亲也是两家，他是一家，在支口街上的茶食店里。他当时已经十几岁了，又因为脚崴了，给人家烧锅，所以记忆深刻。他说，这家茶食店店主姓开，原探楚庄人。他给人家干活，从头年飘雪一直到小满时节，才回二庄。

1958年，搬家的时候，整个博爱乡都搬到新农，当时分成两个大队。两个大队原本和睦相处，但因为争"博爱"之乡名，又都彼此不服，相互不让，闹了很长一阵子。两队人都是恋旧的，衣不如新，人不如故。旧名字里有人的来处，那是人的根。把博爱之名留下，在需要填写籍贯住址的表格中，自己依然属于博爱，博爱便没有消失，只不过是把博爱腾了个地方而已。在我到过的移民庄中，带着自己的庄名一起迁移的庄子总让我感动。比如，新庄的朱圩，保安的永胜，来龙的民主、张宅、新立、马场，黄墩英庄的姬场、庄场，等等。在湖里叫什么，现在还叫什么。虽然是两个地方，这两个地方相隔几十里，但是故乡的名字时时处处见着念着，就觉得故乡离得不远，当时过境迁，子孙辈也已经华发暮年，他们对骆马湖没有一点记忆，却可以永久地记住自己的父母从骆马湖的朱圩、张宅、马场、姬场、庄场而来。等到自己百年之后，又葬在朱圩、张宅、马场、姬场、庄场了，他的生与死都和这个名字有关。这是他们的故乡，故乡收留了亡人的名字，也给了后人以来处。倘若再过几百年，孙又有子，子又有孙，子子孙孙传家宝一样把村名传递，虽时代更迭，但故乡之名永存。对自己而言，这也是一件让人心生温暖的事情。

事实上，仅仅才过了60多年，到新地方才三四代人，大多数的移民后代已经不知道骆马湖在何处，骆马湖又何时有过移民。我在采访之余，在丢掉了故乡之名的新农，我也时常问当地上了学的小朋友，知道骆马湖吗？没有印象，不知道。听没听过"清清的骆马湖啊一望无穷"（歌曲），依旧没有。骆马湖已经跟他们无干，不在他们的生活里、记忆里。他们这一代将来必定会到城市求学，会到更远的地方工作，和他们的父辈一样，抛弃乡村，脱离故土。对他们而言，他们的成长就是——祖先的故乡渐渐模糊，他们渐渐走远。那个属于曾祖的故乡——骆马湖陆圩区博爱大乡二庄高级社第四组原老博爱乡二庄人，到了祖父辈还能记得骆马湖博爱乡二庄，再到父亲辈就剩下骆马湖二庄，最后年轻的一辈就只剩下二庄，连骆马湖三个字也丢掉了，或者连二庄也记不住，跟着他们的是另一个故乡——新农。

要 武

受访人员：夏宗贵（95岁）、乔启明（90岁）、张福禄（83岁）、许自华（80岁）等。

采访时间：2021年5月2日上午、2021年6月25日、2021年6月26日。

  要武，在新农街北数里，1—7组为纯移民户。其中，1组为二庄人，2组为大庄人，3组为陈庄人，4组为武甸人，5组为下河头人，6组为大甸人，7组为马场人，主要为原博爱乡和鸵头乡人。1958年动迁时，二庄、下河头属二庄高级社，马场属马场高级社，大甸属大甸高级社，大庄、陈庄、武甸属大庄高级社。二庄社、马场社、大甸社，他处另有介绍，略。单说大庄高级社，大庄高级社由大庄、陈庄、东贺庄、孙小庄、夏庄、乔庄、下群墙等地创建，共12个中队。其中，1—6队原迁入地为侍岭乡大墩，7—12队原迁入侍岭东北朱岭。1958年7月，大庄社1—6队改迁皂河孙庄，7—12队改迁皂河刘甸。1959年10月，7—12队从东刘甸迁至西刘甸，随后计划疏散，并安插到陆刘、道口、牌坊、凤凰、靳塘、梨园、白堡、张王、范圩、支口、魏井、牛角、同李、塘圩、古北等村。大庄社主要领导有闫宗文、贺笑鸾、贺笑测等，闫宗文为社长。

  【要武记】从新农北上皂新线，再转宿黄线，8分钟可到要武。要武是距离新农最近的一个移民村。要武，原名博爱，老博爱乡的博爱。在要武的移民户，除新划入的7组马场人，其他的6组都是原博爱乡人。要武，1981年才从博爱更名为要武。我不喜欢要武这个名字，要文、要武、要争、要抢、要夺、要流血、要兵戈相见，耀武扬威的，喜欢不来。在要武问路，寻访，沿着宿黄线走，我最先到的是要武6组，要武6组是大甸人。从新农二次搬过来的，和新农的大甸人一个庄，和新农的姬甸、韩甸人一个社。他们是被分割出来那的一部分。况且，曾经与新农人几争几抢而得到的"博爱"这个名字，竟又丢掉了。要武的其他组人，二庄、下河头，也是如此，都经历了四分五裂，落了地的茶碗一样，成了一片片瓷片。现在时间久了，伤口愈合了。它们虽然曾经互不相属，但现在已经和这片土地长在了一起，成了新要武人。过了60多年，他们在这里繁衍生息，人丁兴旺，老干新枝，庄子扩了一倍。

我在村里走了10分钟，遇到一位老人，他愿意带我穿过6月的麦田去寻访另一位老人。我们走得很慢。麦田里只剩下少许的麦子还没收割。田间地头留的那一小段水稻育秧地，十分显眼。放在60多年前，水稻还是这块土地上陌生的农作物，只出现在书本里，或者以米的形式出现在富人的碗里。对遥远的苏北而言，它们的模样如同想象中的江南一样不清晰。那时候，没人会想到，就是这样一株植物会改变这片古老的大地，没人想到这片土地会被成片成片的水稻占据，没人想到水稻会改变这片土地的生产生活。水稻是近代宿迁的功臣。水稻改善了这片土地的土质，也改变了生活在这块土地上的人。同样是在这块土地上土生土长的人，年长者还依然对面食情有独钟，后槽牙一天不嚼块煎饼就痒痒。但年幼者，他们已经无法轻松地嚼下一整张阔鏊煎饼，他们像南方人一样，嚼不了几口，就两腮酸胀。他们更喜欢大米，一日三餐顿顿大米饭都不嫌腻。大米改变了这一代人的口味。在一块土地上，面食从主导地位、一统江山的局面慢慢退为分庭抗礼，现在再退避三舍，不可同日而语。倘若现在做个统计表，统计这个庄子上的人家，一日三餐是以米为主还是以面为主，米必然会有一个压倒性的数据。水稻在这块土地上已经陪伴人们50多年了，已经培养出了庞大的粉丝群体。那些习惯面食的老人，牙口已经不行了。在村庄里，已经看不到抱着煎饼满村跑的老人和孩子。鏊子也退出了厨房，不再牢牢占据一隅。几家人坐在一起轮流烙煎饼的乡村图景也已稀有，虽未绝版，但也一年见不着几回。它已经隐匿，成为少数人的风景。水稻改变的还有很多。

　　一路上，老人对我说起最初种植水稻的情景。伺候了一辈子土地的农民，对这个陌生的"主子"一下子变得手足无措，不知道它的习性，不知道它如何栽种，如何田间管理。一亩田拉了五道红色的绳子，笨手笨脚地扎在水田里，退也不是，走也不是，闹了很多笑话。最后吃的时候，用对窝子揣，米粒和稻壳分离的同时，稀碎如面，就这样吃了第一顿白米饭，如果那一团白白的疙瘩一样的饭，能被称之为米饭的话。一方水土养一方人。当一个地方的水土从根子上发生改变了，那个地方的人也必然跟着改变。我和老人在田野中穿过，原本是要找另一个老者聊一下大庄高级社的主要领导都有谁，最后我们却坐在田野的风中聊了一下午。天晚的时候，我们转身原路返回，回首那一畦稻秧，"有风自南，翼彼新苗"，欣欣然，等待出征。

金　庄

受访人员：崔学庭（90岁）、刘永军（85岁）、吴新立（82岁）、吴绪桥（80岁）、刘红铃（79岁）、刘安得（70岁）等。

采访时间：2021年5月2日下午、2021年5月22日、2022年2月5日（农历正月初五补访）。

金庄，在皂河东北。1958年7月，吴甸高级社分队安插于此。吴甸高级社，由原鸵头乡吴甸、纪甸两庄创建，共4个中队。1队、2队为纪甸人，3队、4队为吴甸人。主要领导有张炳文、项桂生、刘永法等，张炳文为社长。1958年，最初分队安插金庄时，1队、2队安插在老金庄（即现金庄1队）、民便河河东堆上，1965年垫新宅之后，集中安置在现金庄2组（窑南队）、7组（窑北队）身下。3队、4队安插在丁陆庄、朱瓦庄、石土庙三地，1965年垫新宅之后，集中安置在现金庄3组、金庄5组、金庄8组（8组是由原金庄3组分出来的）身下。现金庄2组、7组与3组、5组、8组恰巧分立民便河东西两岸。纪甸人集中居住在河东岸，吴甸人集中居住在河西岸。

【金庄记】金庄的骆马湖移民都住在高高的河滩上，这条河，据说1958年10月当他们抵达的时候，就已经挖好。它是一条人工河，不知道正式的名字叫什么，就像那个时代村子里的孩子一样，金庄人随口说了一个名字：民便河。（我后来查找相关地图资料，一份1957年的地图把这条河标注为门面河，不知所谓。《宿迁市水利志》上一份地图标注为黄墩小河，南接黄墩小闸。）他们搬到此地的时候，就住在这条河的东岸，落地的豆子一样。迁到金庄的骆马湖移民本不是湖里人，不像湖里那样年年跑水返。他们就住在湖边的河堰上，习惯了河边的居住环境，搬到这儿后，恰巧有一条民便河，依然宛如故乡模样。靠山吃山，靠水吃水。他们喜欢水，有水就有鱼，能养鱼的河流就能养人。再者，金庄离骆马湖也不远。

我第一次到金庄采访时，听金庄人说，到了这边之后，有一年没有柴火烧，于是到湖里去找。怎么找？茫茫的一片湖水。他们说，湖里的人腾出来了，但湖里的树没有脚，它们跑不出来，全都淹没在水底。哪里有树，那树有多高，对他们而言全部了然于胸，取个柴火，对此地人而言是难事，对他们而言不过如探囊取物而已。于是划船，带上镰刀、斧头，从河边出发，划到那里，就跳将下去，湖面平静，在湖里手脚并用，一天能砍不少柴火，能解一时之需。此外，骆马湖里本来都是垫过的高宅，宅子上都有树，最耐水的柳树，常见的桑树、槐树，没人种，种子不知道从哪里落到此地，大风吹，飞鸟衔，远方的人夹带遗落，不知道，反正自己长的。在水淹不到的地方，这些树依然郁郁葱葱，十分显眼，尤其是人家撤离之后，长得更加粗野，那里成了树的故乡。人走了之后，草木茂盛了。当然，这些树也都成了柴火。再者，就是尚未拆除的房料。骆马湖人搬家搬得急，房子都还能住人，即使有几间受损、倒塌，收拾收拾也能住人。门板、窗户，甚至石磨、矮凳、桌子都没人带。有一家房门掩着，屋子里整整齐齐，仿佛是出趟远门，不几日便要回来似的。还有一家留下去年尚未吃完的半坛子咸菜。这是度日的小菜。现在日子已经被人带走，咸菜和坛子被遗忘在日子之外。骆马湖人的房料，都是些上好的木材啊，整根整根的楠木。放在现在，一根也值不少钱。但当时，就拖回来，劈了，大卸八块了，毫不可惜地当了柴火，都烧了锅，成了灰。现在想起来真是造孽啊。但日子总得过吧，他们已经把过日子过到坎上了——就缺那一根能当柴火的楠木，你说，怎么办？再金贵，再如何如何，也得给日子让路吧，也得把它填锅底吧，还能说什么呢。对日子而言，什么都不金贵，过下去，活下去，才金贵。

　　金庄人靠骆马湖近啊，就像是外面的孩子离父母近，多少得到些父母的照顾。这种照顾，在最困难的时候，就显得特别难得。没吃的，断了顿，金庄大地上是一片让人绝望的白马尿般的盐碱，庄稼娇贵，不长，泼辣的野菜，也不长，就连水也不好吃，那去骆马湖里逮鱼，去吃骆马湖里的水，不求多，也不贪吃，能哄着肚子不饿，就好。然而，除了鱼的恩赐，骆马湖还有虾子、野菜。湖边的土地也肥沃，野菜都长得极其肥硕喜人……他们说，骆马湖是母亲湖，骆马湖边的野菜是恩人，绝不是一句空洞的抒情。骆马湖和骆马湖边的野菜，救过人的命，帮助人挺过了难关。这样的赞美是由衷的、真诚的、不容怀疑的。

曹 瓦

受访人员：丁超明（92岁）、王保林（91岁）、王邦兴（85岁）、陈九新（83岁）、许文山（82岁）、王邦伟（80岁）、丁律民（78岁）、夏桂林（74岁）、巩红军（57岁）。

采访时间：2021年6月18日、2021年6月19日。

曹瓦，是黄墩乡署所在之地。此地骆马湖移民为鸵头、马场两地人。鸵头、马场，原属陆圩区鸵头乡。1958年，搬迁时，鸵头和王小庄创建红星高级社；马场自创马场高级社。红星社，设7个中队，1—5队为鸵头人，6队、7队为王小庄人。红星社主要领导有蒋恩堂、高树彬、张宜科、苏步坤等人，社长为蒋恩堂。1958年4月，红星社计划分队安插在黄墩曹瓦。8月，具体落实时，将红星1队安插在茶叶店；2队安插在小曹庄与茶叶店；3队安插在曹瓦街；4队安插在小刘庄与郑楼；5队安插在闫庄与高庄；6队和7队安插在夏场。1965年底重新规划，把原插队在老庄的移民重新集中起来，另辟新址，垫宅安置。新址，即现曹瓦1组、3组、4组、5组、6组、12组、13组、14组所在地。曹瓦15组、16组、17组，原名新立，为马场高级社的社员。马场社，原分队安插在皂河乡南新化村（即孙柳），共6个中队，现在除大部分集中在曹瓦，还有一小部分在要武7队，称小新立。马场社主要领导有巩齐正、巩齐鸾、姚成军、巩齐昌等，社长为巩齐正。

【曹瓦记】一路导航，寻人问路。在曹瓦，我最先到的是曹瓦6组。曹瓦6组，全是移民户，比较好打听。在此之前，我已经知道他们是红星社第五中队的社员。最初，他们被分户安插在不远的高庄。站在曹瓦6组的高宅上，我请尚未搬迁的老王为我数一数高宅上的人家。这座高宅上的人家，搬走了太多，残砖剩瓦，瓦砾遍地。再过一些时候，就会被夷为平地，所有的一切都将消失，好像从没有人来过，从没有人在此长久居住过。这里从西向东，原来一共3排24户，现在只能靠老人的记忆来填补、修补了。老王说这个没有难度，第一排从西向东是鲍家、王家、鲍家、丁家、钟家、丁家、郭家、郭家、夏家；第二排从西向东是程家、丁家、许家、许家、丁家、周家、郭家；第三排许家、丁家、鲍家、苏家、许家、许家、鲍家、丁家。他一口气数出来，问我是不是24个。我说是。老王在这个宅子上住了50多年。50年前，不安生，到处搬，从骆马湖边的鸵头搬出来，安插到曹瓦的高庄，再从高庄集中安置到这里。50年后，依旧不安生，还得继续搬迁，只是不比以往，上了年纪，寿则多辱，对未来充满了迷茫和担忧。只有在这高宅上的50年，还算平和，生老病死，繁衍生息。根能扎得住，枝叶藤蔓才能兴旺。他指着东面不远处的另一个完好的庄子，说，那里也是6组，和这里一个组。他们是这50年里，从高宅上走下来另立门户的后生。他们的老根子都在这里，现在他们也都已经自成一庄了。我看着那座村庄，树木林立，鸡犬可闻，与这里一样方方正正，仿佛是从瓜藤上结出的瓜。它在高宅的下坡处，在水稻田的包围里静谧地生长着。瓜瓞绵延，我想到了这个词，多么美好的词汇。那里听说也要搬迁了，拆迁号也都上了墙。老王说，他们是年轻的一代，脑袋里没有骆马湖记忆的一代。从老一辈人那里听来的有关红星社、鞑头、条河沿、骆马湖的事，也已经支离破碎，无法自圆其说。我说我刚去过那里，他们看我拿着笔和本子，还以为是拆迁办的工作人员，最初还极为热情，问政策，问具体拆迁时间。我不好回答他们，绕了一个弯，说起1958年。他们却误会了，以为会有什么特殊的照顾和特殊的补助，随后开始为我计算拆迁款和城里的商品房的差价，为我梳理一个家庭一年的实际开支。于是我把笔重新放进了兜里。老王说，这也怪不得他们，他们不知道，也不能跟你胡说。然后，他开始为我说起在曹瓦的其他移民组，并把去曹瓦5组的路线指给我。

5组和6组一样，也是两个庄子。不同的是，一个是原本安插入住的老庄闫庄，另一个是重新规划集体安置的移民新庄。两个庄子离得较远，开车也有一阵子。有移民户的5组和6组一样，也是一个高宅，一样1965年开始垫的，1967年开始迁入。一样是一排排的草房，一样的宅子的前面有一方当年取土垫宅时挖出的方塘。不一样的是，5组的高宅上还有几间没拆的草房子，看上去依然坚挺，人依然可以再住一段时间。我拿出手机，拍了一通。它们是历史的见证者，是骆马湖移民史的一部分。据我后来的采访，1965年，在黄墩的所有骆马湖移民户都重新垫了高宅，高宅上都盖了这样的草房子。如今它们大都消失不见，唯有把这些照片拿给他们看时，他们尘封的记忆才被再次唤醒。

英　庄

受访人员：陆启横（83岁）、魏思泉（83岁）、陆启朋（80岁）、沈玉本（78岁）、庄玉生（76岁）、彭以亭

（77岁）、徐从喜（70岁）等。

采访时间：2021年7月10日、2022年1月25日。

英庄，为陆圩五社原迁地，迁入方式为分队安插。原陆圩五社由南郊乡沟西村创建，主要包括姬场、刘场、柳场、徐场、彭场、庄场（分大庄场、小庄场）、陆场等7个场7个中队。1958年7月，姬场被安插在英庄、大英庄、闫大庄等地；徐场被安插在英庄陆场、大瞿庄、王庄等地；刘场被安插在英庄、闫大庄、叶场等地；彭场被安插在英庄、王庄；大庄场被安插在英庄、闫小庄；小庄场被安插在英庄、晏庄；陆场被安插在英庄季河、叶场、王庄等地。

1965年，骆马湖蓄水移民安置委员会为骆马湖移民重新规划，垫宅建庄，把原分散安插的姬场人、部分刘场人、大小庄场人集中安置在吉场，即现在英庄村姬场队、庄场队（庄西为姬场队，住姬场、刘场人；庄东为庄场队，住大、小庄场人）；把原分散安插的徐场人、彭场人、部分刘场人、陆场人集中安置在陆庄，即现在英庄村陆庄队和长胜队（庄西为长胜队，住徐场人；庄东为陆庄，住陆场、彭场、刘场的人）。原陆圩五社主要领导有蒋恩堂、高树彬、张宜科、苏步坤等，蒋恩堂为社长。

【英庄记】在英庄、姬庄场采访的时候，天正下着雪，老人窝在家里猫冬，得一个一个敲门。站在宅子上，向前方看，近处雪花眯眼，宅下是一方与宅子等长等宽的水塘。密密的雪花向水面落，落进镜子里一样，梦幻。姬庄场的宅子高，宅子的下坡仿佛梯田一样，一道一道圈出阶梯，梯与梯之间种的是青蒜，矮矮的，很有层次。我站在宅子上，看了许久，想春天的时候，满坡种上了油菜，整个庄子都被油菜花围着，蝶飞蜂舞，香气四溢，也很惬意。姬庄场，顾名思义，是姬场与庄场合称。这个名字是从骆马湖里带出来的老名字。姬场、庄场在湖里是垫的高宅子，这里称之为场是名副其实的。据说，最初垫宅子的时候，就取宅前的这一方塘土，一共盖了三排草房，东边是姬场人和几户柳场人，西边是庄场人，中间开一道巷子隔开。现在盖了个公共厕所，以厕所为界。我到巷子口发现，岂止是巷子分明，连巷子以下开出的道路都是笔直的，而且顺着道路看，宅子前方是两个湖，中间有一道田埂似的路。它告诉你这是两个庄子。在湖里，姬场和庄场就是各自分明的场，现在还是；在湖里，姬场在庄场右边，庄场在姬场左边，现在仍是。这是巧合？也可能是习惯。

　　我在姬场、庄场访了一个上午，在老沈家吃茶，聊天，门里偏暗，最后干脆搬到檐下，大门洞开。外面在下雪，我在里面喝茶听老人讲过去的事，时间就回到了过去。这一路是怎么来的呢？从骆马湖到英庄分散到各个小队，这边一户，那边一户，七零八散，连一个家族的叔伯兄弟甚至父母子女都分在了几处，走动都不好走动。给老队上工，人家自然欢喜，但自己终究贴了个外地人的标签，要看人脸色。孔夫子探讨孝顺时，说两个字："色难。"再孝顺再忠诚的子女，一直对父母保持和颜悦色也很难。到人家老队，做事情好做，出一天苦力，睡一觉就好了；但一直诚心诚意地付出，人家给你脸色也影响不到你的心情，人家区别对待，你也不多想，任劳任怨……这个很难，都不是圣人，也都有脾气。光脚的也不怕他穿鞋的，无牵无挂，无房无厦，要怎样就怎样。再者，移民户因为分散反而更加团结，所以也看不惯看人脸色。和老庄人相敬如宾是最好的状态，但要是能重新规划，让兽回山林、鱼回大海，也最好。于是新的政策出来以后，把原骆马湖人集中起来居住，大家都是拥护的，脸上才是真正的和颜悦色。这是常理，也是人之常情。我听老人家说，当时是喜极而泣，到流眼泪的地步！在英庄，和姬场、庄场人有一样经历的，是在3公里之外的长胜陈庄。这两个庄子的人同住在一个高宅上，都是骆马湖人，也是开始插队后来集中安置的。

访完姬场、庄场之后，下半天全部时间我都在长胜陈庄。那个下午雪一直没停，但在长胜陈庄的高宅子上，看不到正前方的如镜子一样梦幻的水面。长胜陈庄的坡下，房屋显得杂乱无章，没有条理，湖边挤挤挨挨地住了一排人家。道路也没规划，不曾铺过一样，落地的雪化成水，水浸入泥层，一脚下去带出一大块泥，疮疤一样，一路一串浅坑。

尚 营

受访人员：张西彬（89岁）、许荣昌（89岁）、江凤棋（84岁）、张以法（83岁）、黄刚龙（74岁）等。

采访时间：2021年7月17日、2021年9月18日、2022年1月26日。

尚营，在黄墩北，与邳县交界，为陆圩六社原迁地，迁入方式亦为分队安插。原陆圩六社由临运乡三湾、小店、宋马路三庄创建，共6个中队。其中三湾3个队、小店1个队、宋马路2个队。1958年7月，三湾1队被安插在尚营陈庄，2队被安插在尚营小张洼，3队被安插在尚营皮庄；小店1队被安插在尚营汪庄；宋马路1队被安插在尚营小韩楼，2队被安插在闫集。1965年，移民安置委员会重新规划，集中建庄，原分散安插的三湾1队，在陈庄另选一址，重新垫宅，集中安置；原分散安插的三湾2队在小张洼张东重新垫宅，集中安置；原分散安插的三湾3队和小店的人，在汪庄北另选一址重新垫宅，集中安置；原分散安插的宋马路1队在新建就地重新垫宅，集中安置。现，尚营有11个队，骆马湖移民集中安置队有5个。原陆圩六社领导有周祥济、江方岳、杨以敏、王作长等，周祥济为社长。

【尚营记】最初迁入尚营的陆圩六社的人，也被分得很散。我沿着他们的足迹，特地到陈庄、小张洼、皮庄去看看，去老庄上打听打听。老庄上的人一提起来，都记忆犹新，有说安插在庄子的边上的，有的说就是借住在别人家，有的说也给盖了房子，也有说没给盖的。反正陆圩六社的人的确是来过，又的确是迁出去，走了，静水微澜。老队人记不得跟移民户有过什么矛盾，也记不得相互之间有过什么印象深刻的事。我有意寻访几位老队的人，尤其是最初借给移民户房子住的人家。那时候，他们也穷，但终归比移民户要好一些。一道前屋里住了四五户人家是正常的。一个风箱从早到晚要轮流用，一副烙煎饼的鏊子，从早到晚都是热的。日子都过得紧紧张张的，但也都这么熬了下来。问问当初借住在这里的人，都姓什么？不知道，蒲公英一样，来了不长时间，又散了，到别处扎根了。

我问移民户能不能记得当初谁借住的？一个个竟然都能记得，而且具体，印象深刻。有的竟然说，还有人情往来，老杠（方言，年纪大的）还当亲戚走动。我又细细地问姓什么，住在哪里，准备着再去访问。可等到把名字记下来之后，又意兴阑珊，觉得没什么意思。记得也好，记不得也罢，日子也不止有两面，也可能是不愿意记得，或者记得了也不愿意去说，反正日子就这么过来了。于是我把注意力重新放到移民庄上。

在新民和汪庄的大宅子上访问，不巧的是，这里也面临拆迁，人家也已经搬走很多。我在一栋标着D-358的房子上看到一张出售房屋的告示：

出售老房子

　　黄墩邮局对面有多套老房出售，已经装修，拎包入住，另有三室一厅多套对外出售，送装潢。

　　告示的页脚已经发黄，没说价格几何，也没说多大平方米，就这样贴在那里。不知道有没有人去买，但肯定会有人选择从这里再次走出去，并再次借住在别人的房子里。这一次，房主会记住他们的名字，会看身份证，会谈价钱，会谈期限；房主再不会跟你一勺子里吃饭；你也不会记住房主，和他处感情，在将来当成亲戚一样走动。

　　几十年，呼啸而来，呼啸而过。一样的是，他们又住进了别人的家里。他们的年纪已经不小了，甚至到了夜不留宿的地步。这可能是他们最后一次借宿。到老了，才知道自己原来真是属浮萍的，是个无根的漂泊的命。这一回我找了他们中的几个。在废旧弃用的房子里，在潮湿阴暗的地下车库里，我和他们谈起了1958年的事，谈起了他们一生漂泊的开端。他们的记忆是有根的，在说起自己的故乡三湾、小店、宋马路时，眉飞色舞，绘声绘色。他们可以为我从南到北一个不落地把乡党的名字从记忆里挑出来，这些被说出来的名字，叮当响，各归其位，他们牢固地占据着记忆的一角，不曾离开，不曾散落，不曾被忘记。每个人的记忆，都是一座宫殿。年老了，扶不了犁，逞不了力的时候，就从田里退回来，从红尘里退出来，退回到自己的记忆宫殿里。在这里，他们不是漂泊的，他们是永恒的、被封存的，照片一样定格着的。记忆能照见自己，只要他们愿意回去，记忆便带着他们即刻抵达，宫殿的大门便会即刻打开。这一趟走家串户，旧事重提，每一个被重新提起的名字的背后都连着几个不曾忘却的故事。这些故事在回忆里蔓延的时候，人的归属感就更强烈了。当他们退到记忆中别人的故事里时,他们是满足的,我也乐意听他们诉说。

闫集、闫南

受访人员:孙朝贵(95岁)、吴常银(90岁)、侯立生(88岁)、刘清艳(85岁)、尹如意(85岁)、任玉柱(81岁)等。

采访时间:2021年9月18日、2021年10月15日、2022年1月27日。

闫集、闫南两地的骆马湖移民,住得分散,多为陆圩七社人。1956年底,运河区行政区域重新划分,把原运河区10个小乡分成3个大乡:陆圩乡、博爱乡、直河乡。其中,陆圩乡共有7个高级社,陆圩七社为最末一个,由张大门、张圩、小任庄、徐群墙、小王集、水宫人创建。共有7个中队,主要领导有张续法、曹克荣、仝道正、徐怀锦等,张续法为社长。1958年7月动迁时,张大门人迁至闫南,即现闫南5组;张圩、小王集、水宫迁至闫集,即现闫集2组(小王集);闫集3组(徐群墙)、闫集8组(张圩)、闫集12组(水宫)。另有一部分张圩、小任庄、小王集人迁至袁宅。

【闫集、闫南记】这两地的移民也住得分散。闫集8组在东面,闫集12组在西边,袁宅在北头,闫南自然就在南头。访问的时候光是跑还不打紧,走错了重走,错过了路口重新找,重新问人,也是常事。光是闫集12组,我就重走了三遍老路,从去英庄的路口调了三次头,才找到去闫集12组的路。闫集12组都是水宫人。

到了庄子上停好车,一下来就遇到了一个好心人。她热情地领着我挨家挨户地找 80 岁以上的老人。一连找了几家,都没人,这反让她不好意思,说耽误了我的时间。我说这话从何说起呢,感谢还来不及呢。在我这几年的采访中,总有一些好心的引路人,或骑车带我,或让我跟在他的后面,直达受访人家。我坐过他们的摩托,也坐过他们的电动车、三轮车。他们在我迷路的时候,把我带到村庄的深处,并在我做具体访问的时候,悄悄溜走,不留姓名。

我到移民庄采访,没有名单,到一个村庄,就一头扎进去,一排一排问,一家一家打听。我的采访对象没有名额限制,只要他是老人,他是 1958 年的骆马湖移民就行。80 岁以上更好,因为他搬家的时候已经十几岁,记忆会更深刻些。90 岁左右的最好,因为他那个时候已经是个成年人,已经结婚,已经拖家带口,感受会更深刻些。我只要他的记忆和感受,其他的一概不问。年纪大了,听不见了,可以传纸条;不认识字,可以比画。每一次访问,开头曲折,其后逐渐顺利。少则十几分钟,多则半天。健谈者,陪他多谈;不善言辞的,直奔主题:在湖里住哪里,湖里的宅子有多大,湖里的日子如何,等等。一问一答。

通常情况下,一个人能搅动一个村庄。几条恶犬跟在后头,不依不饶。一些年轻人打开紧闭的大门,把头探出来张望。这一次在闫集 12 组,也是如此。不过,这次跟在后面的是可爱的小朋友。我和那位好心人在前面走,他们在后面跟着走了一段。一回首,队伍已经浩浩荡荡,他们叽叽喳喳地为我说出这个村庄的所有老人。有一个小朋友自告奋勇地领着我穿过窄窄的巷子,敲敲这家门,再敲敲那家门。可惜的是,队伍壮大了,结果却依然不理想,依旧没有访到老人家。最后,另一个小朋友跑过来说,都去打牌了,我看到了。于是他打个手势示意我们跟着他。我们到了一户银漆大门的人家，向里面走了两步，就听见里面的笑谈声。我推门进去，说明来意。再次走出来的时候，一群小朋友已经全部走了，连我的一声谢谢都没收下。

那一天，在结束了所有采访之后，开车回家的路上，他们的身影总是不由得跳出来，让我很感动、很温暖。那一天走了很多弯路，也遇到了很多好心人。那一天的访问，也还算顺利。老人对采访都很上心，一个一个放下手里的骨牌，拉我到另外一间屋子里慢慢聊。这也是我这几年采访中少见的热情和待遇。我记得在那间堂屋的沙发上坐下，把本子摊开在膝盖上，先是把一个一个受访者的名字、年纪、湖内住址记好，然后打开录音笔，开始正式访问。聊了很多，老人家极有耐心。这在三年的采访中是我印象最深刻的一次。

前大宅、新宅

受访人员：张西恒（85岁）、赵以明（81岁）、张铎（79岁）、赵法胜（79岁）等。

采访时间：2021年10月16日、2021年10月30日、2022年1月28日。

前大宅在黄墩魏场，新宅在黄墩柳湖。两地原不曾计划安置移民，实为临时改迁之所。另两地移民皆为陆圩二社人，即老南郊乡沟东诸庄：官地、朱集、对面张、鲍场、史场、镐场、曹场、侯场、徐场、孟场、小刘场等地的人。陆圩二社，主要领导有何长申、赵廷奎、马玉岭，毛忠玉等，社长为何长申。1958年4月，何长申组织带队，从南郊乡步行60余里，向计划迁入的关庙乡泰山进发。在6月份麦收之前,他们已经建房若干,犁地数亩,栽山芋百垄。1958年8月改迁时,陆圩二社掉头向西,先迁至黄墩北刘口,再分散安插在魏场、柳湖两地。其中,魏场主要安插史场、镐场、曹场、侯场、徐场、孟场、小刘场等地的人,柳湖安插官地、朱集、对面张等地的人。1965年,移民安置委员会重新规划,集中安置,分别在魏场、柳湖两地重新选址,另垫高宅,集中建房。1968年前后,搬入住现址——前大宅与新宅。

【前大宅、新宅记】从柳湖新宅村到魏场前大宅,有6公里,车程约10分钟。魏场与睢宁县交界。自此,我到了宿迁的最西端;之前已经到了罗圩、陆集——老宿迁县的最南端。再前是最东端的来龙、保安,最北头的晓店、戴场。到了魏场之后,我已经把整个宿迁跑遍了。用了三年的时间,我一边上班一边抽空把骆马湖移民庄子访完,车程3万公里,访了500多位移民,其中80岁以上的不下300人。一件最初想起来很难的事情在自己手里真正结束时,以为会有很多感慨,其实没有,更多的是疲惫,疲惫不堪。2021年,我的新年愿望就是结束骆马湖移民的采访和写作。我内心焦苦,深陷其中久矣。

在柳湖访问的时候,我已经不用再带骆马湖地图,不用去核找官地在哪里,朱集在哪里,对面张又在哪里,骆马湖地图已经印在我的脑子里。每一个地名的位置,前后左右的庄子是什么,我都已经了然于心。坐在受访者的对面,我可以为他们数出整个骆马湖的庄名,不用预热,直抵他们的记忆深处,和年轻时的他们对视,重游骆马湖早已消失的故乡。我和他们一起念叨着翻腾着这些深埋记忆里无人问津的如珠如玉的地名。他们的激动之情溢于言表。已经过了60多年,身后的事情重重叠叠,旧报纸一样压在心头,他们已经到了真正"访旧半为鬼"的年纪,心里头的故乡，渐渐地只属于少数人。随着时间的无情冲洗，活着的人都成了荒岛，都在狭小的荒岛上孤独地生活，语言退化，记忆模糊，身体衰弱，精神也大不如从前，只剩下苍老的手，还能下意识地把一些小的物件抓紧、抓牢。他们和年轻的一辈谈不来，仿佛隔着很远的距离，没人愿意听他们讲古，没人愿意听他们谈起骆马湖。骆马湖是他们的故乡，只属于他们自己。

我在柳湖和魏场采访了三位行动不便的老人家。屋里刺鼻的异味告诉我，他可能被长期疏于照顾。他们还记得故乡的一草一木，记得故乡大地上的每一户人家，这是时间冲洗不掉的部分，记忆中最顽固的部分。他们说起了一串人名，我拿笔记下，为他们还原一座消失的故乡，一个游子漂泊半生忘不了的故乡。有一个老人已经记不住自己有几个孩子，也叫不出那位与我同来、与他做了40年邻居的引导者的名字，但他记得自己的故乡。他说出的那一串名字中，有一个是这位邻居的祖父，还有他祖父的三个兄弟。邻居对自己的祖父印象模糊，名字也早已忘记，更别说祖父的三个兄弟，这让他惭愧难堪。老人说，记不得祖父的名字，这在大清朝是不小的罪过。老人能把自己祖父、曾祖父、太祖父的名字都念出来。一个一个的名字就像时间的页脚一样，两页，三页，就翻到了200年前。原本遥远而冰冷的时间，因为亲人的名字，忽然就有了温度。那个邻居问我能不能记得祖父的名字，我说能。但我祖父的另外两个兄弟和三位姐妹的名字，我只知道一个，其他的都不知道。曾祖父以及曾祖父以上的名字我都不知道，没人告诉过我，我也从未打听问过。我连自己的家谱都没见过，当然也不知道近50年来是否续过家谱。或许我们这一支已经被族人遗忘，包括我的祖父、我的父亲和我。我把老人的故乡画在了纸上，上北下南左西右东，前方是什么场，后面是什么场，宅子的路是什么方向，土井又在哪里，我在道路和土井之外，写满了人的姓名。我不知道他们的模样，但他们都有自己的一席之地。他们现在消失不见，但都曾来过人间。我记得密密麻麻。这是我收集的骆马湖旧庄地图的最后几张。三年来，我一直在做这样一件事——仿佛60年前，他们从骆马湖离开时，把骆马湖地图分割，带走。60年后，我用三年的时间，在宿迁大地上寻找，拼凑这些地图，最后终于全部找到了。

附录（采访录音摘录）：

声　音

  我记得第一次真正安排给骆马湖移民建房子的时间是在1959年10月，因为那时候我已经调到黄墩去了。我记得，那时候为了更好地执行建房任务，我们和皂河还开展了建房竞赛。谁的房子盖得多，质量好，奖励谁一个发动机。那时候，皂河的基础条件比我们黄墩好，发动机归了他们。

——蔡鸿学，92岁，欧洲花园

  一开始搬到关庙，后来就回来了，安插在石篓。俺家当时安插在吴应山家。后来，在这儿安排盖个移民点。土打墙，盖草房，共3排，15间一排，人多的领3间，人少的给2间。俺家给3间，人口较多一些。俺在第一排最东首，第一家。

——刘纪荣，77岁，双庄九龙

  早半天还吵着说朝来龙陈庄去的，晚半天就改河南来了。我们这边就搬两家去来龙，一家姓徐，另一家叫什么，名字很熟，乍一想，还想不起来。为什么记得清，因为那年俺家小二子生下来。到这边，先在石篓觅屋住，我借住的那家姓孙，住东屋，锅屋，时间是10月28日。

——马惠兰，88岁，双庄九龙

  1958年，我们九龙人原是要迁到来龙的。麦收之前，就去盖屋，在陈庄，我去盖的，盖到最后，也没盖几间。一排5间屋，下大雨，都倒了。后来，上面说回家收麦子了，就回来了。等到麦子收好了，上面又说不向那边去了，又回来了。我是半道回来的，没在那边住一夜。搬到这边，这边比那边地好。

——潘启发，83岁，双庄九龙

到这边时，这边是碱滩地，一地"白马尿"。此地不长庄稼。那一年我种大麦，种15斤，最后就收了13斤。后来是改水稻才给改好。我们迁出来，就是为了改水稻。

——姚明山，91岁，皂河新农

尚营子，现在一共11个队，王一队、王二队、大张（洼）队、小张（洼）队、陈庄队、大韩楼队、小韩楼队、皮庄队、新建队、汪庄队、新民队。新建、汪庄、新民、陈庄的人是俺骆马湖人。小张（洼）队的张东也是。一个队分两下，张东、张西，各自分开。

——张西彬，89岁，黄墩尚营

一开始来的时候，这里叫汪洼，洼地、空地。后来才搬到大宅上，就那边，正南有一个汪塘的地方，好认，一眼就能看到。那一个宅子上，是两个庄子，一个是我们汪庄，一个是新民，都是骆马湖人。我们住庄西，一开始来的时候就在这里，没动。他们住庄东，从皮庄搬过来的，又腾了一次地方。

——张以法，83岁，黄墩尚营

6月18日，我从湖里姬场搬出来。此地叫姬场，用的是湖里的老名字。搬出来的时候，先是到曹甸的大堰顶上。前后一个月后吧，才向这边搬，我家搬到大闫庄，插在老户。我们姬场人都是这样分散插队。后来，不知道怎么的就跟老队人闹了，不合适，姚耿荣都来了。这个宅子是1963年左右垫的，垫了一年多，盖了三排草房。一个宅子两个庄子，西头是我们姬场，东头是他们庄场。垫的时候，也是我们垫我们的一半，他们垫他们的一半。姬场一共36户人家吧，主要的姓是沈、于，这两家门户大一些。

——沈玉本，78岁，英庄姬庄场

搬迁那一天，轮到我，是木船，那天晴天。船到岸，东西就放在岸上。第二天、第三天，位置还没安排好，就下雨了。我们家娘儿5个。有席，随时搭起来，就能挡雨，拆下来，就能睡觉。我们一家人都躲在芦席下面。后来安置，我们家是在3队。后来人员多了，成立小5队。

——吴绪桥，80岁，皂河金庄

我是徐场人，原来属于陆圩二社，徐场早先是3个队，6队、7队、8队。我们一开始是搬向泰山，那边的房子也已经有人去盖了。但也没盖多少，一共盖了七八家，一场雨来，又塌了，后来就没去。那边主要是没有水吃，老人小孩一口黑牙。岗地的水质不好，现在好了。

——赵法胜，80岁，黄墩魏场

一开始是分到各队的，我是分到魏场8队，队里也给盖房子了。后来1965年冬、1966年春，县里又给垫大宅子，集中安置。我记得搬上来的时候是1967年10月1日。当时，一共给我们垫了前后两个宅子，我们这叫前大宅子，后面还有一个叫后大宅子。现在，后大宅子已经拆迁了，它原先跟我们一般高，现在已经荡平了。

——赵以明，81岁，黄墩魏场

一开始的时候,我马场人是安插在南新化,也就是现在的孙柳,现在孙柳还有我们马场人。没有两年,又搬到这边,叫新立。当时,老队划地给我们种,河南河北,跨度大。河南有几百亩地,离这里太远了,村里不得不重新安排各个队抽签,谁抽到那边的签谁就去种那边的地。于是我们马场人从新立又分一个队出去,现在属于要武,叫小新立。

——王保林,91岁,黄墩新立

　　我们马场现在还有宅疙瘩在,三四年前,我到那边去看过,还有3亩地光景。宅子上有柳树,长得不错。马场离这里不远,也就10里路,过去有30多亩地。庄子西北方向,有一个汪,汪附有一个小宅子,叫后姚,亩把地吧,有姓杨的、姓赵的与姓全的几家。解放前,我们马场从外地来此落户的,我印象比较深,尤其是搬家的时候,他们就没到这边来,直接回老家去了。比如睢宁的龙邦国、龙家纪、赵荆州、山东人谢学花、化运成……

——王邦兴,85岁,黄墩新立

　　一个张圩子搬到这边,搬到了四下,一个在闫集8组,一个在闫集,一个在闫集刘庄,还有一个就是这里袁宅子。袁宅子以前是老闫集公社的。我们搬迁的时候就分在这里。这个庄子西头还是老庄人。我们没搬家前,就在张圩南、小王集北,属于张圩,叫小任庄。这个庄子一共六七户人家,任德花、任德才、任玉成、张万友、欧学方、吴振彪等。

——任玉路,80岁,黄墩袁宅

　　一搬家就搬到这边来的,没有再挪地方,这个地方的老庄名叫池庄。我们闫集8队的人,在骆马湖属于陆圩七社,再具体点就是陆圩七社的第 2 中队，领导有孙朝言、张成贤。我们张圩有小学——王张小学，在那边念书，到这边也续上了。

——黄刚龙，75 岁，黄墩闫集

  从湖里出来时，是从三湾口门子走的，然后第一站是在曹甸大堰顶上。8 月份的天气，白天天暖，夜里也凉，风刮了半个月。又搬到曹瓦北刘口子，在刘口子我们住在别人家插户，3 年后又搬到英庄、王庄借住，我借住的那家一家 3 间房子，2 间给我们住了。再后来就垫宅子，再从英庄、王庄搬到了姬庄场。

——庄玉生，76 岁，黄墩英庄

  一开始就搬到这边的，后来给垫了宅子，又腾到了这个地方。我是张圩人，这边我年纪最长。我们张圩，为什么叫张圩，因为张不惊，我也不清楚张不惊是哪里人了。我听我的上人讲，张不惊有两顷湖地，还有其他的事业，湖里地找不来人，就招了二三十口人给他种地。这二三十口人就此在这落户，遂成了庄子。

——孙朝贤，90 岁，黄墩闫集

  有一年，这边号召去新疆支边，我也想去，但家里人不想去，就算了。搬家那一年，我来这边垫宅子，我家被分到郑楼插户，我就到郑楼去垫宅子。那宅子的地点我现在还能记得，在高伟虎家的门前。

——陈久新，83 岁，黄墩曹瓦

# 第六章　在路上

一个公社突然聚集上万人在一起生活，不仅粮食不够吃，其他生活物资供应也有问题，住房十分拥挤。1963年春（作者按：根据实地访问，受访者普遍说是1960年春，或1961春，而非1963年春），县委又研究决定移民人口过于集中的安置点，除本公社抽出一部分就地插队外，又将来龙、曹集、黄墩、皂河公社抽出1010户、5369人分散迁移到古城、王集、大兴、关庙、罗圩、龙河、埠子、南蔡、陆集等10个公社插队落户，分担困难。

——《宿迁的记忆》

2019年12月，我在来龙民主张宅采访了老人周继米。他对我讲述了自己特殊的搬迁经历。他是骆马湖张宅人，原属新立高级社。1958年7月，他一家6口人和全社七八百人一起从骆马湖搬到来龙民主。他们在民主住了两年。两年后的1960年，全家又随民主队里的8口人一起迁到陆集陆庄、季桥、大庙等地。他家最后的迁居地是陆集季桥。随后他们在陆集季桥又住了3年。3年后的1964年，再次选择回迁来龙民主。从骆马湖张宅到来龙民主，要走70多里；来龙民主到陆集季桥，旱路也要走60里；从陆集季桥原路返回来龙民主，又是一个60里。骆马湖蓄水搬迁，以及搬迁之后的六年间，他们一家6口人一直在路上，把一个家放在了平板车上走了停，停了再走；把一个家的组成要件，桌子、板凳、炊具、柴火、衣物、被褥卸了装，装了再卸。据周继米说，去陆集的时候，他们走的是水路。我不知道水路的路程又该怎么计算。那时候，来龙灌区的二干渠已经能行船，从二干渠西去走运河，到陆集河口下船，或者从二干渠东去走柴塘河再走运河至河口下船。周继米老人说具体怎么走，自己也记不清了。反正是个春天，水味很重。当然这个不是重点，重点是我知道骆马湖移民除了有第一次迁移外，还有第二次迁移、第三次迁移。

在采访完周继米的当天下午，我就去了陆集。我从季桥开始问，一路竟然没有遇到移民户，大海捞针一样。后来到陆庄继续访问，这一次是个巧合，天可怜见，误打误撞，遇到一个从长胜来陆庄走亲戚的老人。老人说，此地不知道有没有，长胜倒是有几户人家。他们组里原来有一个叫戴安平的，还有一个叫郭英的，长胜东面的东风，也有骆马湖移民，叫王万忠的，都还认识。

于是，我再次谢过，又从陆庄出发，导航至陆集长胜。这一回拿了人的名字去找，果然好找多了，一问便找到了。我先去了戴安平家。戴安平，现住长胜2队，原属长胜4队，骆马湖民主高级社马场人，72岁。1958年7月，其父亲弟兄三家搬至来龙民主。1961年，他父亲和二叔两家从来龙民主马场搬到此地。后来，二叔不习惯此地生活，迁了回去，落户在民主新农二队，只剩下他家没有回去，留了下来。他说，长胜1队几户姓黄的、姓刘的，2队几户姓刘的、姓王的也是骆马湖人。我问他郭英是不是也住在这里。他说原本他们是住在一起的，分在1队里，后来她嫁给了本地人，现在住长胜3队。又问东风的王万忠，他说离长胜不远，那边快要拆迁了，不知道王万忠搬没搬走。于是，我们坐下来聊了很多具体的搬迁经过，以及个人感受。两个小时之后，赶在天黑之前，我去东风访了王万忠。

出　发

据说，从来龙民主向陆集再迁移的人数有1000多人，带队的叫刘子文。王万忠还记得从民主出发的前后经过。

他说，是1960年春天的一个晚上，自己已经睡下了，忽听得外面有人敲门。一开门，原来是刘子文。

刘子文当时是民主村的副职，和王万忠一个庄，平日里走得最近。他见王万忠出来了，便一把拉住，说，走，请你喝酒去。

大半夜的，哪里喝酒？王万忠知道他是在胡嚼、砍空。出于对朋友的了解，王万忠知道这大半夜地来找自己，一定是有什么事，便说，直接说事。

刘子文还说吃酒，来回拉扯了两三回，方才说，是有事，一件好事，想请老弟帮帮忙。王万忠见他生分了，又是老弟，又是帮忙的，一下子也定定地站在那里。

刘子文说，县里叫他带队迁往陆集，想请你跟我搭个伴。你王万忠两口子分家过，没有小孩子，迁到那边，负担轻点。

王万忠在湖里结婚，到来龙民主两年了还没个一儿半女的。父母心里着急，自己也着急，但着急也没用。张宅子的地太薄，干时如铁，稀时是屎。没有产出，人就不够吃。人不够吃，营养就跟不上。营养跟不上，妻子子宫下垂，人就不生养。土质不好，是一个原因，还有一个就是土地太少，这是要命的。在骆马湖也不见土质多么好，产出也不过400多斤，但骆马湖地多，一人平均上10亩地，一个家族大一些，顷把地都是有的。于是仗着地多，年年月月种懒汉麦子，不深耕，不细作，收麦子的时候出个人力，就好。骆马湖人搬到来龙张宅子之后，由于人员一时过于集中，一人才平均亩把地，地根本不够种。

刘子文说，陆集那边土质好一些，而且人住得多。到那边混去，说不定也是个路子。

当时，陆集有个叫大寺大队的，是个远近闻名的高产地。刘子文早就听说了。接下来刘子文说，如果王万忠要跟着他一起，他们就迁到大寺大队。

王万忠便没再多想，应了朋友所托。

王万忠说，到哪里都一样吃饭。人挪活，树挪死。趁着年轻力壮的，变通变通生活。

刘子文说，跟我去，你放心！我保证，有我一口吃的，就有你一口吃的；有我一间住的，就有你一间住的。

于是隔了一个礼拜，他们便开始忙着收拾，把这边能带的都带上，一张床、两个黑碗、两个小板凳、一张小桌子……装上平板车，等候出发。王万忠家从张宅子带来的小桌子，也是从骆马湖里带出来的，现在还在家里用着，他特意领我去看，我拍了照片留念。

在这一个礼拜的时间里，刘子文先把已经确定迁移的 200 多户人家的名单誊抄出来，递给陆集。陆集那边的领导，第一时间开会，把任务分解出去——每个村该领多少人，每个队又该领多少人。各队再从陆集誊抄名单。他们得了名单之后，分头行动，各自到来龙民主这边对接要迁移的人。最后，商定迁移路线、迁移时间，做好准备。

等到搬家的当天，要迁移的人个个都知道自己的去处，去河塘的去河塘，去大庙的去大庙，去叶店的去叶店，去季桥的去季桥，去陆墩的去陆墩，去长胜的去长胜，去东风的去东风，去罗湖的去罗湖……这些地方靠近运河，土质较好。沿着运河边安置移民，正是蔡鸿学的意见。他是骆马湖人，家里的父母兄弟也是骆马湖移民，所以他对骆马湖移民的困难感同身受。无论是感情方面，还是出于自身工作需要，他都愿意在职权范围内多给骆马湖二次迁移的人一些力所能及的照顾。

这天，一行 1000 多人从来龙张宅子一起出发，起初由刘子文带队，而后再分道而去，走向不同的村子。仿佛一段粗壮的绳子从张宅子开始渐渐分成了一股股细绳，一股股细绳再渐渐分成一条条细线，延伸出去。

王万忠和刘子文去的是东风的大寺大队，一起被分来的还有十几户人家。他们走的是旱路，穿过保安、大兴，一路南下。路途比预想中的要远些，出发的时候还是早晨，一条路没走到底，天就黑了下来。最后只好摸着黑，顶着一轮硕大的月亮继续走。也不知道走到了哪里，几点了，渐渐听到前面月亮地里有人问话，是不是骆马湖人，是不是到大寺去的。这边人上前去应着，在夜里接上了号。

原来这边也计划好了时间，出来迎接。不想左等不来，右等不来，只好向前迎，一直迎到大兴洋桥头，才碰了面。

大兴洋桥头，这是王万忠这一路上记忆最深刻的地名。他现在也不知道大兴洋桥头具体在哪里，是洋桥、石灰筑的桥，还是杨桥、姓杨的桥。从骆马湖搬出来的时候他21岁，21年都在骆马湖里，没去过远地方；就是去远的地方，也没有理由来运东的岗地逛游，这里一没有亲戚在，二也没有事要办，为何来？23岁从来龙再次搬出来时，他连来龙一共有几个地方还都没怎么认全，更别说来龙之外的，什么关庙、大兴、大兴之内的大兴洋桥头了。

大兴洋桥头，这是来接他们的人告诉他们的。那一夜，他们不知道走到了哪里，黑咕隆咚的。人家说，我们见天黑了，就一路迎来，先迎到哪里，又迎到了哪里。他们一连说了两个地名，现在这两个地名，仿佛也落入了那夜的黑暗中，找不见了——王万忠想不起来了。

"最后呢，你们才走到了这里，大兴洋桥头。"是了，这就记住了，大兴洋桥头。

大兴洋桥头距离东风大寺还远着呢。

疏　散

像王万忠、刘子文、周继米、戴安平、郭英这样特殊的移民户，骆马湖人称之为二次疏散户。

二次疏散人口的原因，主要是1958年7月骆马湖移民陆续迁入安置地之后，人口过于集中，致使耕地紧张、粮食不够吃。其他原因也有，比如与原住居民的冲突等，当然冲突的根源还是耕地。

骆马湖移民的二次疏散地，大多是1958年7月第一次迁移时没有接收移民任务的乡、村，比如大兴、陆集、洋北、双庄、南蔡、罗圩等地。

根据我的实地走访，具体情况如下：

大兴镇的先进、大兴、大庄、周马、条河、农场等地的骆马湖移民二次疏散户，大多迁自原来龙永胜庄；现大兴镇骆马湖移民均为原骆马湖陆圩一社书院场、东吴宅、吴宅、前张庄、后张庄、孤丁庄等地的人。

陆集镇的大庙、河塘、季桥、兴隆、叶店、陆墩、长胜、东风、罗湖等地的骆马湖移民二次疏散户，大多迁自原来龙民主庄；现陆集镇骆马湖移民均为原骆马湖民主社马场、陆场，新立社张宅、草厂等地的人。

洋北镇的张庄、七里、船行、卓马、何庄、吴沟等地的骆马湖移民二次疏散户，大多迁自原曹集前进庄（现新庄前进村）；现洋北镇骆马湖移民均为原骆马湖前进社前宅子、马口、戴场、大徐圩、小徐圩等地的人。

罗圩乡联伍、塘圩、胜利、农科、秦祠、三胡、古路、平楼、武圩、马元、黄庄、戈罗等地的骆马湖移民二次疏散户，大多迁自原皂河新农；现罗圩乡骆马湖移民均为原骆马湖二庄社上河头、下河头、二庄、贺大庄等地的人。

南蔡乡长庄、新蔡、徐庄、路南、果园、兴跃、陈圩、苏黄、肖陈、黄桥等地的骆马湖移民二次疏散户，亦大多迁自皂河街西；现南蔡乡骆马湖移民均为原骆马湖长胜社李甸子人。

双庄镇白堡、魏井、靳塘、牌坊、凤凰、陆留、康普、支口、董坝等地的骆马湖移民二次疏散户，亦大多迁自皂河新农；现双庄骆马湖移民均为原骆马湖大庄社7队、8队、9队、10队等地的人。

……

在1958年，已经有接收移民任务的乡、村，诸如侍岭、关庙、曹集等乡，也再一次接收移民，或者自行向本乡内没有移民的村庄疏散人口。

侍岭乡大墩岭西的骆马湖移民二次疏散户，大多迁自原来龙长安、曹集朱圩。现岭西骆马湖移民多为原骆马湖胜利社、新华社的支河口、朱圩、南王沟、岔口等地的人。

侍岭乡纪宅村的骆马湖移民二次疏散户，大多迁自原曹集朱圩。现纪宅村50多户骆马湖移民均为原骆马湖朱圩社朱圩人。

侍岭乡姚塘的骆马湖移民二次疏散户，大多迁自原曹集朱圩。现姚塘村的近80户骆马湖移民均为原骆马湖朱圩社朱圩人。

侍岭乡朱岭村的骆马湖移民二次疏散户，大多迁自原曹集朱圩。现朱岭村八组30多户骆马湖移民均为原骆马湖朱圩社朱圩人。

侍岭乡盛湖村的骆马湖移民二次疏散户，大多迁自原曹集新河。现盛湖村的100多户骆马湖移民均为原骆马湖直河社、中河社三场、新场、杨场、二场人。

侍岭乡陆宋村的骆马湖移民二次疏散户，大多迁自原来龙长安。现陆宋村120多户骆马湖移民普遍为原骆马湖胜利社、新华社岔口、新华社支口、南王沟人。

来龙镇王庄村的骆马湖移民二次疏散户，大多迁自原来龙太平。现王庄村20多户骆马湖移民均为原骆马湖太平社、胜利社陆圩、西腰路人。

来龙镇路墩村的骆马湖移民二次疏散户，大多迁自原来龙太平、来龙民主。现王庄村20多户骆马湖移民均为原骆马湖民主社、太平社、胜利社王宅、陆圩、西腰路人。

关庙乡水汉村的骆马湖移民二次疏散户，大多迁自现新庄太和平。现水汉村20余户骆马湖移民均为原骆马湖太平社袁场人、大许场人。

关庙乡新河村的骆马湖移民二次疏散户，亦大多迁自现新庄太和平。现新河村40余户骆马湖移民亦为原骆马湖太平社袁场人、大许场人。

关庙乡卓庄村的骆马湖移民二次疏散户，亦大多迁自现新庄太和平。现卓庄村10余户骆马湖移民亦为原骆马湖太平社袁场人、大许场人。

关庙乡乔口村的骆马湖移民二次疏散户，亦大多迁自现新庄太和平。现乔口村30余户骆马湖移民亦均为原骆马湖太平社袁场人、孙场人。

关庙乡陆相村的骆马湖移民二次疏散户，亦大多迁自现新庄太和平。现陆相村20余户骆马湖移民均为原骆马湖太平社仇场人、孙场人。

关庙乡林河村的骆马湖移民二次疏散户，亦大多迁自现新庄太和平。现林河6户骆马湖移民均为原骆马湖太平社袁场人、大许场人。

关庙乡陈庄的骆马湖移民二次疏散户，亦大多迁自现新庄太和平。现陈庄5户骆马湖移民均为原骆马湖太平社袁场人。

关庙乡伍庄的骆马湖移民二次疏散户,亦大多迁自现新庄太和平。现伍庄 3 户骆马湖移民均为原骆马湖太平社袁场人。

曹集乡道方村的骆马湖移民二次疏散户,大多迁自原曹集新河。现道方村的 50 余户骆马湖移民均为原骆马湖直河社、中河社杨场、新场、葛场、二场等地人。

曹集乡双河村的骆马湖移民二次疏散户,大多迁自原曹集快乐村。现双河村的 50 余户骆马湖移民均为原骆马湖快乐社马场人。

……

在实地访问中,二次疏散出来的人,在老队一般都是选择安插入队的方式,且安插得比较分散。如疏散到大兴的永胜骆马湖移民:

原永胜 1 队,疏散至大兴先进村的,有张姓 8 户,现分散在先进村 2 组、7 组、8 组。

原永胜 2 队,疏散至大兴大兴村的,有李姓 1 户、赵姓两户、薛姓 1 户,分散在大兴村 2 组、6 组。

原永胜 3 队,疏散至大兴高圩村的,有夏姓 1 户、张姓 4 户,现分散在高圩村 3 组、4 组、7 组。

原永胜 4 队,疏散至大兴大庄村的,有赵姓 6 户、周姓 1 户、宋姓 5 户、赵姓 1 户,现分散在大庄村 7 组、9 组、10 组。

原永胜 6 队,疏散至大兴周马村与条河村的,有房姓 1 户、魏姓 1 户、陆姓 1 户、张姓 1 户、周姓 1 户、桑姓1户，现分散在周马村1组、3组、4组。

原永胜7队，疏散至大兴农场村与条河村的，有陆姓3户、徐姓3户、李姓3户、王姓4户，现分散在农场村2组、3组、5组，条河村1组、4组。

……

再如，疏散到罗圩、南蔡、洋北乡等地的骆马湖移民：

罗圩现有骆马湖移民的组，有联伍2组、5组、10组，武圩村2组，平楼3组、9组，三胡3组、4组，秦祠3组，古路9组，黄庄4组、6组、7组，葛罗2组，马元2组、6组，胜利2组、5组、6组，塘圩2组、3组、7组、8组等10个村23个组。

南蔡现有骆马湖移民的组，有陈圩村王庄组、刘庄组；新蔡村百里组、李庄组、南蔡组；路南村元东组、殷庄组、后店组；果园村白桥组、汪庄组、朱湖组、肖庄组；苏黄村张庄组、桥西组、圩西组、圩东组、李庄组、黄桥组；长庄村下坝组、西堤组、东堤组、一组、二组、三组、四组、五组、六组；徐庄村大庄组、油坊组；南蔡村集北组、谭宅组、蔡庄组、钟堂组；兴跃村魏庄组、罗东组、秦庄组、崔庄组、卓庄组、陈庄组、庄南组；范庄前扬组等，10村41个组。

洋北现有骆马湖移民的组，有张庄村何庄组、船行组、张庄组、管堤组；七里村七里组、徐何组、张陆组、吴沟组等两个村8个组。

……

需要说明的是，从移民村二次迁移出来的骆马湖人，虽然迁入之后被分得很散，但在最初做出二次迁移决定的时候几乎都是自愿的。至少在我后来的实际访问中，受访者98%都是自愿报名。

住　下

　　当晚，王万忠一行十几户人家到了陆集大寺，在队屋里打个地铺，睡下。第二天，大寺大队的负责人领着他们，挨家挨户认下人家……盖房子还需要些时间，先住下。

　　他和刘子文两家人被分在一户人家里住。两间小屋，中间置了帘子，刘子文在外面，王万忠睡在帘子里面。

　　这边的土质好，收成不错。平日里没粮食，但园子里的时蔬瓜菜也能度日，日子比来龙张宅子要好很多。

　　到了第二年，王万忠的父母兄弟也陆陆续续从来龙张宅子迁过来了。一家人从此在陆集大寺永久地住下。

　　生活上的困难，缺磨了，短盖房子的房料了，还可以去找，可以直接去骆马湖移民安置委员会要。骆马湖移民工作虽然已经结束，但骆马湖移民安置委员会却一直在。

　　骆马湖人都知道这个机构的所在——在宿迁节制闸和宿迁闸之间的空滩上。搬家之前，1958年4月准移民们在安置地盖屋时所需的房料、草料，就从这里领。

　　这里有一个大仓库，什么草啊，木材啊，芦柴啊，都堆在里面，有需要的队，拿个单子，到这边就能领。搬家之后，仓库里，依旧是满满当当，除了草、木材、芦柴，还多了磨盘、对窝子、洋式门框（我曾详细地向二次迁移的骆马湖人询问这个洋式门框，就是四大框子，与传统中式的精工细作相比，太粗糙。我请他们为我画了下来）……只要是在安置地的骆马湖人有需要，哪怕自己来拿东西，只要开了证明单子，也能领了去。

被分到长胜的戴安平，去过骆马湖移民安置委员会要东西。他那时要了一些洋式门框和木头。因为那一年他家正需要盖房子，短了好些木头，他便和自己的父亲拉了平板车，赶早去要，一直到天擦黑才得以回来。

王万忠因为父母兄弟都来陆集，一时家里短了两盘磨，盖房子的房料、门框也缺。于是，他也去了骆马湖移民安置委员会去要。

他那时知道移民安置委员会在哪里。但搬到这边，不知道单子怎么开，回去问张宅子的人，太远了，而且也不一定能问出个结果来。所以，不如直接去找。找谁？谁最大，找谁！谁把骆马湖人带出来的，就找谁！于是，他去找了姚耿荣，骆马湖移民安置委员会主任、宿迁县人民法院院长。

他到了县里，先到了县政府，政府办公人员说，不在这里，又给他指路去县人民法院。到了法院，又听说，姚院长去家了，至于家在哪里，人家可以指路，于是再转脚去姚耿荣家。他自己一路打听，从巷口向南去，不远，便摸到了地方。

王万忠到姚耿荣家里，姚耿荣正在睡觉。作为骆马湖移民安置委员会的负责人，他这一段时间一直在运西忙着。他亲自带队到黄墩、皂河，给原本分户安插在当地老队的移民垫大宅子，落实重新集中安置的政策。

他在东屋里睡觉，王万忠说。但姚耿荣的老婆当时竟然不知道他在不在家，连连告诉王万忠，姚耿荣不在家，有什么事，可以告诉她，她帮忙转达。谁知道，这句话刚讲完，东屋里忽然传出了一个声音。随后，王万忠就看到一个人从东屋里出来，正是姚耿荣。骆马湖移民时，姚耿荣整天在移民窝里泡着，大家都认识。

于是王万忠上前，说明来意。姚耿荣让他到屋里坐，问王万忠的姓名，还有王万忠父母的姓名，问完了，说王万忠还得喊他叫大爹。随后便笑了，一团和气。接着又问了家里情况，问了陆集的生活，还有吃没吃饭，等等。王万忠一一回答，说要赶早回去。姚耿荣才让他到前面一栋房屋去，到二楼办公室，找一个王科长写了个条子。

如此，王万忠拿了条子北上，再到骆马湖移民安置委员会办公室。当时接待他的人，王万忠还记得，叫戴连新。戴连新的名字在后来我的采访中出现过很多次。他是专门接单子，发放物品的领导。王万忠把王科长的单子交给戴连新。他领了，发给他几扇简易门、两盘磨。

这一趟来回100多里路，从早到晚，都在路上，一个人拉平板车进城。

……

采访中，王万忠对这一段生活经历的回忆很细。好些对话，都是他的原话。父母兄弟从来龙张宅子到陆集大寺这边来一起生活，这让他心里多少找到了依靠。尤其是在此之前，刘子文突然再迁他地（刘子文从小跟舅舅一起生活，舅舅在黄墩去世，留下一个弟弟，没人照顾，他回黄墩照顾他的弟弟去了）。原本，说好一起来，一起同甘共苦的人，就这样因为一场变故，把他丢下，自己远走。

现在父母兄弟来了，为了父母兄弟的事情忙碌，王万忠忘记了累。一家人在一起，即使在天之涯海之角，只要每天围着一盘磨生活，围着一张桌子吃饭，同住一个院子，同进一家门……彼此挨近些，冷了一起挤挤，饿了一起哼哼，哪里都是家乡，哪里都如同故乡。

从骆马湖搬出来的时候，王万忠一家14口人，祖母张氏、父亲王广文、母亲刘氏、大哥王万英、大嫂黄秀英、王万忠、妻子刘美、三弟王万粮、弟媳妇周花兰、妹妹王万美,还有侄子侄女。浩浩荡荡的一大家子,有老有少,抱成一团。自己一个小家庭,跟刘子文跑到陆集来,人生地不熟,举头依然望明月,低头依然思故乡,思父母,思兄弟姐妹……

再 迁

我专门到黄墩,打听过刘子文。结果没有打听到。

黄墩太大了,黄墩的移民也太多了。我在运西片区的骆马湖移民庄子里一个一个问,最后都没有消息。我意欲回陆集东风再找王万忠问问,结果2020年年初正好赶上疫情。

等疫情得到控制,生活正常了,我再到陆集去,结果东风大队已经夷为平地,全部拆迁,集体搬走了。

王万忠又再一次迁移别处。

那一天,我把车停下来,一个人向着废墟走去。村庄里没有一个人,安静得怕人,我走遍了每一栋残缺的房子。

我看到墙壁上残留的生活气息,看到人家丢弃的家具、破碎的瓶子,还看到一排写在砖上的名字。这个名字的笔画歪歪斜斜,用粉笔写就,一看就知道出自一位才学会写字的孩子之手。可以想象,她是在执着地写啊,写啊,把自己的名字写成了一排。红色的墙砖,一格一格,仿佛作文本子的格子一样。

她应该还在一个不懂乡愁的年纪里。

她应该还在一个不懂离别的年纪里。

她对这个村庄里的其他事物,还没有认真地观察过。

她留在红砖上的名字,会在不久的明天,与这个村庄一起消失。

这个村庄留给她的记忆,会在不久的明天,与这个村庄一起消失。

我在村庄口认出了王万忠家的方向。我第一次访问那座村子的情景，瞬间浮现在脑海里

记忆中的路，被我重新找到，再次重走。

曾经挺立在这条道两旁的建筑，仿佛菌菇一样成熟、腐烂，只剩下一块块疤痕。

这是大地上的创伤。日子从这伤口处被连根拔起。再过一些时间，这些创伤也会被清理干净。

那一段时间，我一直在西片区访问，同样留心询问二次迁移的人群。西片区的搬迁经历普遍比东片区的要多一次，东片区的大多数移民从湖里迁到安置地，等待盖房，就此落户。

西片区的移民，普遍是第一次从湖里搬到老队安插，第二次集中垫宅，重新安置。另外，现居住在谢庄、王营的长胜社、黄墩魏场和柳湖新宅的陆圩二社，他们之前是要迁往东片区的，部分人第一次迁了去，后来第二次改迁西来插队老户，第三次再集中垫宅，迁至现在的安身之地。

印象中，只有搬到新农的部分二庄社人没有动过。其他的人都经历了二次、三次或者三次以上的迁移。

新农部分人没动，动的人也如王万忠一样，他们也经历了再出发，在老队的人家的锅屋或者前屋住下，盖新屋，去移民安置委员会要东西。只是这部分的新农人，再迁移之地比较远——在宿迁最南边的罗圩。

2020年7月和2021年10月我两次去罗圩，从罗圩最北头的联五村，一直访问到最南边的黄庄。

我那时拿着戴书芹给我的120户的名单，一个村一个村地去访问。

发现名单上小部分人，已经找不到了。细细一打听，方才知

道,这一小部分人早已迁出了罗圩。他们从罗圩出发,进行了又一次迁移。他们现在居住在:埠子夏庄东楼、埠子靳桥新庄、埠子西门桥南、陈集苍王3组、双庄支口上坝、三树叶圩王庄……

此外,还有洋河、耿车、皂河、南蔡等地,甚至外市、外省。

他们没有留在一个地方足够长的时间,以便这个地方可以记住他。短暂相遇的他乡,也没有给他足够的时间,以便让他熟悉这个地方。

除了罗圩,其他接收骆马湖移民二次疏散的乡镇,也都有这样的再迁者。

我后来按照着上面的一个地址找到了他们中的一个。

他看上去足够苍老。与其他热衷于回忆的老人明显不同,他对过去没有叙述的欲望,仿佛那些不属于他。

他对自己的出生地骆马湖,已经模糊不清,说不出二庄周边有几个小庄子,几个小庄的名字叫什么,二庄上的人家多少。他无法像其他同龄人那样,可以说出故乡的每一户人家的名字。

他对罗圩的记忆倒是深刻,从小就知道自己不是罗圩人,然而关于罗圩的所有记忆,却又都在强化他不是罗圩人的观念。他在罗圩没有根,在罗圩念书,没有念完。他在罗圩的大地上耕作,在罗圩的那两间房子里生儿育女。他的父亲葬在了罗圩,母亲葬在了父亲旁边。他的妹妹嫁在了罗圩。跟他相关的一些最重要的人,最后都留在了罗圩,但他却走了,抛弃了父母的安息之地。

他在这里没有根,父母的根也不在这里。

他的一生是不停漂泊的一生,从前是随着父母,父母到哪里,哪里便是他的家乡;现在是随儿女,儿女到哪里,哪里便是他的家乡。

用他自己的话说,现在开始过起了儿女的日子。

我以为,他抛却了一个没有成为故乡的故乡。其实在他那里,他只有家乡，没有故乡。

因为，他告诉我，故乡是根，或者和根有关。

找　家

也有好些人选择了回迁，比如周继米。

我问周继米，都说好马不吃回头草，陆集那边土质那么好，为什么又再次回迁？

他说，我回来找家。

找家，这是周继米自己创造的词。由两个我极为熟悉的字组成：找，寻找，翻找，查找；家，家庭，家园，家乡。

找家的人，先把家丢了，然后把它找回来。

找家，这一个陌生的词，最初让我怔了半晌。

他说，最初疏散到陆集的时候，有他，有他母亲，还有他的哥哥，一个大家庭。到了当地一年多，他便独自一个人去了黑龙江，投奔亲戚。他原想在黑龙江混口饭吃，不承想没站住脚，没混到一年半，怎么来的又怎么回去。他坐火车从黑龙江到徐州，再从徐州步行回宿迁，走了两天，到陆集的时候已经在路上和衣而睡了两个晚上。这一次又是黑夜，他摸着黑，问人，周继秀家怎么走？周继秀是他的兄弟。人家被问住了，说，哪个？你找哪里？周继米说，我找我家，我家在这里。那人说，听你口音不是这里人。你别走错了。他说，这不是陆集季桥？那人说是。他说，不是有一家移民户住这？那人说，是。然后又说，不是。这家人早走了。周继米说，是我走了，去黑龙江的。那人说，后来都走了，回来龙了。周继米听说回来龙了，一下子急了，问怎么回去的。那人说，年轻人气性高，队长说了一句，就回去了。周继米了解自己兄弟的脾气，开始说回去还不信，一听说受气了，估计八九不离十了。

于是他连夜又向来龙走。一路上田野、人家、荒林、沟渠、苇丛、池塘……模样相似的村庄,模样相似的夜空。夜里行路,白天的事物都在月光下分明了,不知道走了多长时间,累了不敢歇,渴了无水饮,一直走到天亮。

其实,这一条找家的路,他自己也不熟悉。他在来龙不过两年,在陆集不过一年多,来龙与陆集之间的路,他也只是走过一次。但他大致知道在北边,所以向北走就没错。

结果,天亮了路上渐渐有人了,再一问,竟然走对了,家竟然让他找到了。

……

他回陆集的时候,发现家丢了,他告诉自己的哥哥。

关于家,他哥哥用的词更怪,说他把陆集那个家撂了。什么都撂了,不要了,他也是晚上连夜回来。

宿迁人现在还把丢说成撂。一个撂家一个找家,都是只属于个人的词,都是对自己亲历的事的简洁概括。在我看来,它们都极为生动、动情。

周继米,一辈子没结过婚,一辈子无儿无女,一个人吃饭全家不饿。

他现在的房子是政府盖的,原先的太破、太旧、太危险。他也怕哪天,哪根梁、哪堵墙忽然就掉下来砸过来,但他无能为力。他已经活到了一个无法解决好自己房子的年纪。要是年轻些,他会把破的修好,把旧的翻新,把危险排除。再年轻些,他会把它直接推倒,在原址再盖一栋。

它好歹也是一个人的家啊,怎么能任其破下去、旧下去?

它好歹也是一个人的家啊,怎么能允许危险存在,怎么能在家里过得提心吊胆?

现在的房子，牢固多了，也宽敞。堂屋三间，偏屋三间。一个人住，说话都带回音，空旷了。

一切都跟做梦一样。梦醒了，发现一个人在一个陌生的地方的一间陌生的房子里。

他的父母兄弟早已去世，和他一起长大的邻居、朋友，也所剩无几。在这个新家里，没有父母的照片，没有兄弟的遗物……

他不愿到那些旧邻居、旧朋友中去。他们的耳朵早已聋了，被疾病折磨得很痛苦。他与他们没有什么共同的话题可说，也没有什么共同的回忆。

自己的听力和视力下降之后，他对这座村庄的认识，只停留在模糊的树木、道路、房子、田野上。对这座村庄来说，他是陌生的，那些从他身旁经过的模糊身影，再也叫不出他的名字。当年从陆集回来，重新找回的一切，仿佛又消失了。

他对我说，他已经很久没有出过远门。农闲时，待在家里；农忙时，就去趟田里。

他自己种了一块田。

这块田，成了他与这块土地长期厮守的证据和理由。

这块田和这片大地上的所有田一样，依然被人照顾着、打理着，没有荒芜掉。

这块田也和所有的田地一样，除了活人的粮食，还有亡人的将歇之地——村里的人习惯把亲人埋进自己的田地里。

我在宿迁的大地上奔走采访，路过了太多的村庄，见过太多这样的田地。那些坟冢围在村庄的前后左右，离自己曾经的家不远。

一个人的死亡，仿佛就是从活人的村子里搬出来，搬到稍微远些的地方。他还可以看到自己的活着的亲人，看到亲人过剩下的日子。他还在属于他的那块地里歇息，就像从前劳作之后的歇息一样。他的邻居还是那个邻居，也在自己的地头歇息，隔得远了，却依然彼此守望。

田里的亲人也都在近旁。他从村子里的亲人堆里搬出来，迁移到田里的亲人堆里。他知道这里的每一个亲人。很多亲人都是他亲手埋葬的。他记住了他们的每一个名字。他曾给他们磕头，给他们烧纸，和他们说话。现在他来到他们中间。

这里是他活着的时候就认下的地，现在回家了——和亲人一起休息在曾经开垦过的田地里。

附录（采访录音摘录）：

声 音

我们队里一起来的，有李长春、程贵福。后来，程家去了黑龙江，李长青去陆集街上过了，现在就剩下我一家在这边。到这边来的时候，这边人来接的，接的人是林怀珠，这边的负责人。李长春来的时候，是弟兄两个，现在80多岁了。他可能会说得更好。男的和女的不一样，男的知道得更多。那时候，到这边来，老队人也欢喜，生产队需要劳力，我们都是劳力，都是小年轻。我家那时候来，是自愿的，公公拿的主意，他要来。那边的人太稠了，地也不好。决定下了之后，没多久，一家子就都过来了。公公来的时候，岁数已经不小了。他不该来的，这一折腾，到这边没有多久就没了。这边没有亲人，地都没坐熟，不敢埋在这里，几个儿子也不想，最后是拉回了来龙民主。那边也是生地，老地在湖里，在水底泡着呢。到来龙那边，是偎（依偎）他的大哥。公公的哥哥葬在那边。下田的那天，这边大队给钱办了后事。那边侄子从来龙拉了平板车给运回去。

——周继霞，80岁，陆集罗湖

我是马场人，到这来，先住在4队，和戴安平家一起。我家来的时候，有母亲、有哥哥。哥哥后来迁走了，就剩下我一个。那边1队原先也有两个姓刘的，刘大、刘二，是兄弟两个。他们一前一后也都走了，去安徽的去安徽，去上海的去上海。还有迁陆墩的亲戚，一个去新沂了，一个去山东了，都是男的，只有我走不了。因为我是女人啊，嫁到哪里就在哪里。

——郭英，74岁，陆集长胜

来的时候,说这边土质好,沙土地,小麦收得比来龙多。等后来旱改水了,来龙那边改种水稻了,把土质改好了,又比这边好多了。那边地适合种水稻,现在的市价,那边的一斤普遍要比此地贵两到三分钱。那边稻粒饱满,出米率也高。这边稻子,身子瘦,出来的米粒塌塌的。比方说,那边100斤毛稻,能产73斤多米,我们这边只能产70多斤。来龙的米吃着也比这边香,市场也认。这也是三十年河东三十年河西,风水轮流转。那时候,我记得有一首歌,里面就讲到来龙的水稻,歌是这样唱的:"秋风吹来秋风凉,二干渠畔好风光,干支斗渠似蛛网,流水哗哗响,万顷稻子万顷浪,遍野稻花香,宿迁定要胜苏杭,旱地变成鱼米乡……"

——张肖强,72岁,陆集长胜

我父亲弟兄三个。我大(大伯)家没有搬。二大(二伯)从来龙,又迁到新农二队去了。我父亲在来龙逝世,是母亲带着哥哥与我过来的。我们拉平板车一路向这边跑,到了关庙地界,天就黑了。那时候是春天,晚上还很冷,没有办法,找到河边的一户人家屋山头,靠一靠,歇了一夜,我记得是在路的东边。晚上吃什么,想不起来了。到了这边,我就住在现在屋后这户人家的锅屋里,自己也支个锅,自己做饭吃。移民办公室也照顾。我和哥哥一起去拉过门,拉过房料,还有床,去的时候是早上,带着煎饼出发。通常是,借人家平板车去拉。移民户都在那边拉。

——戴安平,75岁,陆集长胜

我父亲自己报的名。我家来的时候,4口人,父母、我,还有一个弟弟,我比弟弟大5岁,我是14岁,他是9岁,具体的时间是1960春天。这个记得比较准。因为临走的时候,那边的菠菜都长得半人高了，我父亲特意下湖去砍了一些菠菜路上带着。从新农先上船，走运河向东南方向，那时我已经记事，都还记得。我们那一条船，一共5户人家。后来，安插在刘庄两户，姓张；安插在七里一户，姓孙；安插在陈庄两户，一户姓力，一户姓郑，都是河头人。我们到南蔡的船行下的船。就是现在船行电灌站那个地方。这边有人去接我们，十几个人吧，推着土车，把船上的东西都给卸下来，朝这边运了。我在新农念4年级，到这边联五小学，插班念5年级，学业是续上了。那时还小，小孩子的适应能力比大人强。盖房子是在第二年，移民安置委员会给了木方子，6根；地方上给了一些草、芦柴，最后盖了两间小房子，当时就在我现在家的前屋南了。一家四口住下来，才安定。

——戴书芹，78岁，罗圩联五

这边以前叫陆庄大队，后来改为武圩村。我原本是要搬到陆庄3队。3队的人去船行带我们的。一路上也是他们拉车，到了地点，正卸车，被财经主任李明忠看到了，临时说，你到2队去，2队比3队要好。你们还没来之前，这边的3队人，就向2队调。我一家4口，我父亲、母亲、姐姐和我，就落户到了2队里。最初没有地方住，也是李主任就地安排的。他领着我们到一个教书先生家，李主任对先生说，敬远啊，这家人安排在你家住一段时间。先生姓陆，斯斯文文的，答应了，把家里东屋腾给我们住下。是个烧锅屋，两间，一家人挤挤无所谓。这一住，就是两年。后来给盖了两间屋。我家为什么来呢？主意是我母亲定的，她去报名。我听我母亲讲，我有一个弟弟，7岁上，死在了新农，没敢埋远，就在俺新农住的那间房子西南方向，一出门就能看到。母亲心里难过，就报名来了。我家在骆马湖是贺大庄人，庄上姓孙的最多。和我一起来的姓匡，匡俊唐，三个儿子匡瑞柱、匡瑞栋、匡瑞魁。

——刘书华，80岁，罗圩武圩

是1960年春天收麦之前来的，我那年15岁，已经记事了。我来此地念书，念到5年级，不念了，队里安排我去喂牛。之前队里喂牛的是几个老头，懒，没把牛喂好，我又正好下学，就给安排上了。这是我的第一份工作。牛，不好喂，不怪老头懒。牛吃的草要勤添。两个大木桶、一个扁担，到河沟里挑水。下去下坡，空桶，好下，上来就难了，两个大桶压着，还得上河坡，摇摇晃晃。两个桶倒进牛槽，连一半都不到。再来两趟，腰都折了。接下来是淘洗干草。牛不直接吃干草，要把干草放在槽里淘。这一淘，槽里水就浑了，浑了就要再去挑，又是下去上来，下去上来两大趟，一天能淘几遍。牛能吃。

——张守才，77岁，罗圩塘圩

这儿是胜利5队，我来的时候13岁。初是坐船，到船行停下来，这边人去接。我母亲什么都没落下，被子里还裹着一盘小磨。来接我们的人，帮我们把东西朝岸上搬。其中，有一个叫刘结巴的，搬到被子的时候，一下子愣了，说，什什什么东东东西西西这么重？我母亲不讲话，只拿眼盯着刘结巴的手，生怕刘结巴一抬手把被子连带着磨给扔水里了。到这边安排我们住在王素珍家。王素珍的前屋，让出了一间给我们。住了两年，又安排住队屋。当时，去的是3挂车，木轱辘的。一起来的，还有戴家、张家。三家十几口人。

——管士侠，73岁，罗圩胜利

搬到永胜之后，地不够种，我家就搬过来了。我家胞兄弟4个，

203

其他人家一个、两个的就没动。来的时候我家是5口人，3个老的、两个小的一起来的，人不多，一共六七户吧。那时，周马村一共5个队，队里就按每队一两户分户安插的法子安排。其中，1队有我家和商家，我家夫姓房；2队有陆家和魏家；3队原没有安排；赵家闺女嫁给了马家，现在就有了；4队是一户张家；5队一户赵家。搬到这里的当年，就给盖了房子，我家人多，给3间，人少的2间。

——陈正兰，90岁，大兴周马

我听上人说，是保安永胜过来的，在骆马湖是东吴宅人，搬到这边我5岁，记得是安排到人家住的。这人叫姚成光，搬来的时候他家是条河4队。后来，我家就落户在4队。那时候一起来的还有1队的王家，两户；2队的桑家、周家，两户；3队的张家和沈家，两户，这两户人家到这不多久，又都迁回去了；还有4队的我家和陆家，也是两户；5队，当时迁的苏家，后来也回去了。现在没有骆马湖人。

——李尚喜，68岁，大兴条河

我不是骆马湖移民，但我知道一点，我们洋北老七里村有7个队，1、2、3队没有移民户，4队有一个姓许的，5队是姓许、姓姜的，6队现在没有，原先有姓郭的，叫郭化成，我们熟。郭化成到这里没多久，那边新庄成立公社，他就回去了。

——冒亚宇，77岁，洋北七里

我们搬到洋北的这十几户人家，都是原曹集前进的。在湖里是前进高级社，到曹集安排在前进4队。这一批出来的大都是前进4队的人。当时是有一个叫吴良友的，作为代表，先到这边来看看，走徐淮路，看了一路，看到这边房屋整齐，土地呢又是沙土地，就决定到这边来。地方是吴良友代表我们选的。一起来的还有朱顺昌家、朱宜山家、朱宜荣家、臧大朋家、许增睿家、许增林家等十几户。许家去七里村了。我家就在这张庄了。后来，朱顺昌家、朱宜山家、朱宜荣家、臧大朋家都回去了，就剩我一家在这里。

——朱怀昌，89岁，洋北张庄

家里老的没有了，我小，只清楚一点，听上人说，到这边是随便我们自己选的。七里这边，那时候风景好，遍地是桃树，桃花遮人眼，就认这个地方了。搬过来的时候是1961年，我为什么知道这么清楚，那时候我才几个月，老人告诉我的，我就记下来了。

——许昌勤，63岁，洋北七里

我们是老龙岗乡人，后来属长胜高级社。我们长胜一开始是搬到关庙，都说那边的地好，风水好。麦收前，在关庙盖了一排房子，在河湾里。6月里收麦子了，到关庙的人也都通知回来，只留下一个鳏夫王兴松在那边看房子。不承想那几日连日下雨，墙倒屋塌，把王兴松砸死了，这边人就不愿意去了，于是改迁到谢庄、王营和皂河街上。这一批疏散到南蔡的都是皂河街上的。当时，皂河街有两个队，街西14队和8队，最后留下14队，把我们一个队迁到这边了。二次疏散的时间是在1960年春天，会计周页进带的队。

——张成松，80岁，南蔡兴跃

我搬来的时候小，记得是坐船，到这边船行下船的时候，这边人来带的。我还能记得,那天风很大,呼呼地吹,船行的大闸铁链子哗啦哗啦地直响。我家二哥从皂河还带了一只羊,人上岸,羊也跟着上岸。人到南蔡,羊也跟到了南蔡。

——蔡瑞庭,70岁,南蔡兴跃

第七章　在骆马湖边

　　骆马湖公社位于宿迁县城西北25公里处。东靠马陵山与晓店公社毗邻，南隔中运河与皂河、支口公社相望，西隔中运河与黄墩、赵埝公社相连，北与新沂县交界。总面积为219平方公里……1965年将三里、皂河、来龙、黄墩、支口等渔场和沿湖分散的渔民组织起来，成立骆马湖人民公社。公社驻三里沟。所辖7个大队、31个生产队、11个自然村，4000多人。满族一人，余均汉族。经济以渔业为主……全社有湖水面积32万亩（不包括新沂县面积），湖中有大小宅滩59个。其中有人居住两个，露出水面无人居住的13个，水下暗滩44个。湖滩有可耕地约200亩。

——《江苏省宿迁县地名录》

2021年7月,我开始对已经采访过的骆马湖移民庄,做最后的补访工作,从最外围的罗圩、来龙、侍岭、晓店、黄墩,到曹集、南蔡、洋北、九龙、龙岗、皂河等地。这一次,在保安永胜,我听到了另一群人二次迁移的特殊经历。他们不同于周继米、王万忠、郭英、戴安平、戴书琴那一批,他们没有被疏散到更远的地方,也没有被分户安插在老庄上。他们掉头向西,向着出发地骆马湖而来,回到了骆马湖,在骆马湖的老宅上继续生活。他们把断掉的炊烟再次接上,把没过完的日子继续过了下去。宅子上还有土地,当湖田在水底彻底休眠,宅滩地上开始被再次翻耕时,这块土地再次被人们唤醒。玉米、高粱、小麦等等,这些业已消失的庄稼,又一次出现在了骆马湖的土地上。多年前的那场风,仿佛又吹回来了,人们在收获的间隙,一抬头,再次看到了从前的自己和从前的生活……我打听到,他们回迁骆马湖之后,就再也没回去,长久地留在了骆马湖,就像久别的子女长久地守候在父母身旁,不再离开。他们现在就住在骆马湖边——沿骆马湖二线一直环湖向北,在高德地图上一个标注为西张圩的地方。我熟悉张圩这个地名,张圩、张大门、小任庄、小王集、水宫、陆圩六社、闫南8组,这些庄名和庄名之间的联系已经印在我脑海中。我用了一年半的时间,一户一户打听,一个一个访问,一个字一个字记下来。我还能说出几个张圩人的名字,还能把纸上的名字和头脑中的面孔对应起来,<u>且丝毫不爽</u>。我能记得他们为我还原的那个张圩:密密麻麻的人名,依着骆马湖的条河堰自南向北依次排列。只是,我不确定这个西张圩和我已然熟悉的那个张圩有没有关系。我只知道那个张圩也在湖边,我得再次出发了,沿着骆马湖边,一路向北,去张圩,或者他们说的西张圩。

回 湖

在张圩，我打听到了那个从保安永胜带队回来的人叫张俊迎，原陆圩一社社长。

是的，就是那个最初把他们从湖里带出来的张俊迎，现在他又把他们带了回来了。

具体的时间，是在 1965 年秋末冬初。

距离骆马湖移民正式搬迁的时间，已经整整过去了 7 年。

7 年间，骆马湖的水已经灌溉渗透到运东的各个角落，一种叫水稻的农作物正悄悄改变着这片古老的土地。

宿迁人已经学会和水稻打交道，饭桌上的一日三餐里开始出现米饭，交谈中又一次出现了"鱼米之乡"——从最初的理想到最终的实现，一代骆马湖人为宿迁的发展和建设倾尽所有。

他们头天晚上，就已经做好出发的准备，把要带走的东西全部收拾停当。那辆破旧的平板车，在门前停了一夜。

那些已经摆放好的桌椅碗筷，被重新归置收起；那张久经颠簸的小床，又一次被两双粗糙的大手抬起；此外，还有磨盘、对窝子，以及新置的家什……

房子，又一次空了。

在黎明前，他们把家又一次放在了平板车上。

这边盖好的房子，被放弃了，只过了个开头的日子戛然而止。他们要回来了。

西大湖是一个让人日思夜想的地方。

我把那次出发的人员名单收集了起来：

薛思祥（一家 7 口）、张俊迎（一家 6 口）、卢方庆(一家 5 口)、葛以生(一家 5 口)、张一楼(一家 4 口)、李学有（一家 4 口）、李祥军（一家 4 口）、张俊启（一家 4 口）、黄玉玲（一家 2 口）、徐至章（1 人）、赵厚增（1 人）、丁燕彪（1 人）、李家正（1 人）、陈玉衡（1 人）……

他们中有的是书院场人，有的是孤丁庄人，还有的是东西吴宅、前后张庄人。

他们的搬迁路线是永胜—杨河滩—书院场，和1958年迁出的路线书院场—杨河滩—永胜，正好是一条线上的往与返。

7年前，他们从杨河滩到永胜拉的是平板车，一车的家什，掉头向东，紧跟着队伍抵达安置地。这一次从永胜重回杨河滩，还是平板车，拉的还是一车的家什。

7年前，他们从书院场到杨河滩坐的是船，那种三桅三篷的大船，顶风冒雨。这一次从杨河滩到书院场，坐的还是船，还是顶风冒雨。

7年前，他们把家里的东西搬到船舱，再把船舱里的东西搬到平板车、安置地。现在正好相反，是把家里的东西搬上平板车，再把平板车上的东西搬到船舱、老宅。宅是老宅，家都是家。

7年了，杨河滩还是原来的那个杨河滩。在空荡荡的大堤上，他们还像7年前那样等待。

等有人来接他们。

等有人来把他们卸下来的东西运走。

我请他们中的一位，为我细细地描绘上船的感觉，为我细细地描绘船开出去之后的情景，远去的水面，远去的湖岸，远去的杨河滩，还有从模糊到清晰的故乡。我感觉他们当时的内心一如箭矢，贴着水面射出。

一些记忆回来了。

淹没在水下的道路、沟壑、田地、树木,在闲谈中又一次被提起。一些人的姓名又一次被他们提起。好多陈旧的往事,仿佛回流的漂流瓶,重新抵达了记忆的港湾。

船上,还有孩子,5岁,属鼠,1960年出生。从前,他知道的骆马湖,只是一个遥远的故事,在他的耳朵里,在他的父辈祖辈的嘴巴里。现在骆马湖是具体的存在,触手可及的真实,现在的骆马湖在他自己的眼睛里,在他的一呼一吸里。

这是他第一次见到骆马湖,第一次把父母从前的生活和这片水域联系起来。这一天他的表现,显得十分惹人注意,他的每一次东张西望、兴奋、好奇,都成为大人谈话的材料和后来回忆的焦点。

在此之前,他出生在永胜,是永胜人。现在,他将继续生活在父辈祖辈的故乡,并把这里活成自己的故乡。

他初次踏上父母的故地是什么感受,我忘了细问。我没有他的联系方式,已经无法再麻烦他为我回忆过去。

我只知道那些再次踏上故乡的离乡者,没有多少时间多愁善感,他们要做的事情还有很多。

以故乡之名的怀念,注定只属于游子。

他们现在既然回来了,便要在此生活和劳作。他们第一件要紧的事,便是要在天黑之前,找到一个落脚的地方。他们绕着宅子走一圈,宅子上像样的房子,已经所剩无几。住是不够住的,再盖几间,也不现实,只能找到几间尚且看得过去的房子修缮修缮,或者临时搭起一座山头棚,从长计议。在老宅上筑起山头棚,这是个好法子。不过这样一来,他们的到来,就不像是回家,而像是在此借住。

第二件事,那就是重新整理土地。从前耕种的湖田已经被淹没水下,要想吃饭,现在只有再次翻耕宅地。时节已到初冬,正是播种麦子的季节。那些高低不平的宅地，还有荒草都是摆在眼前亟待解决的问题。

第三件事，是他们的农具还很缺乏。手上没有称手的农具，总觉得英雄气短。除了种子，是上面配发，不必担忧，其他的一切都让人感觉到无从下手。

……

总之，这一次回来，突然有种异样的局促感，好像什么都没准备好，贸贸然就来了似的。

这里亟须重新开荒，需要被重新认识。就像一块土地捧出一季的收成之后，你又回到了周而复始的劳作现场。那些属于家园的记忆，已经随着家园的消失而成为历史。从某一方面来说，这不是游子重回故里，而是一些农民觅到一块相对熟悉的耕地。

宅　滩

站在书院场，抬眼四望，茫茫的水面上，北方那座稍大的宅子是陆圩。陆圩过去是区署所在，那里曾经有大车店、理发店、供销社、粮管所、学校、医院，那里曾经有热闹的集市……现在那里也将和这里一样，在经历一次次重新翻耕之后，等待播种和收获。

再远的地方是城上，那边也有人居住。他们和再次回到书院场的人属于同一批次抵达骆马湖的再迁户。他们一样经历了迁移，安置，再迁移；出湖，安置，再回湖。

在1965年初冬的风里，他们在杨河滩焦急地等待着渡船，忙碌着把平板车上的家什向船上搬运。

那些吹过永胜人的风一样吹过他们。

他们那边带队的是胡庆余，来的时候一共8户人家：

胡庆余（一家2口）、王怀银（一家2口）、张久山（一家2口）、马如新（一家3口）、王叶青（一家3口）、张大本（一家3口）、李守花（一家3口）、吴永芹（1人）。

　　还有一些更远的宅子，比如西北方的徐场、鲍场、朱集，再比如东北方的戴场，那里现在也都住着回湖的人。

　　属于陆圩、书院场、城上的繁忙劳作一样属于徐场、鲍场、朱集与戴场。我在后来的采访中得知，徐场、鲍场、朱集回湖的人，大都迁自黄墩魏场，而戴场那边回湖的人则大多迁自运东的曹集新河。

　　一声鸡叫，声传四野。骆马湖在1958年大迁移之后，又一次有了生机和人气，一些播种和收获再次属于这片土地。

　　在骆马湖的高处看，每一座散落湖里的宅子，都是忙碌的。同一时间有上百把锄头在挥动，有上百只手臂被高高举起；同一时间有上百双脚在后退，上百把种子被同时撒出；同一时间有数十只手擦拭汗水，数十条毛巾被搭在了肩头。

　　白天，同一时间有数十条炊烟袅袅升起，数十个声音在对着劳作的人们呼喊。夜晚，同一时间有数十盏明亮的灯，数十双手在穿针走线。

　　这一年夏天，他们在宅滩上，收获了一季麦子。不算是丰收，但也比运东的岗地要好很多。秋天，他们又收获了一季高粱。红红的穗子，随风而动，沉沉的，仿佛松鼠的尾巴。

　　除了小麦、高粱，还有大葱、青菜、豆角、茶豆、棉花，有一年还种了芝麻。芝麻开花节节高。芝麻花好看，但芝麻粒不当吃。芝麻，可不敢比小麦、高粱这类主食，也不能比青菜、豆角、茶豆诸菜。它只是生活的一点点缀，是锦上添的一朵小花。

宅滩地上的小麦、高粱，要同种同收，上交公社。宅滩地上的大葱、青菜、豆角、茶豆却属于自己。豆角、茶豆，是对人的恩赐，以身饲人之外，还叫人细水长流——它们的藤蔓在季节里无生长，不断地从叶底长出花来，结出果来。一季豆角、茶豆，能从初夏吃到深秋，倘若晒干做成干菜，可以过冬，走到季节的更深处。

在宅滩地边生活的那几年，是简单的，心灵是安宁的。豆角、茶豆，往往是几天摘一回，摘了各自分吃。棉花、芝麻一次收完之后，必定是大家同享：少的，你一捧，我一捧；多的，你一口袋，我一口袋。大家同甘共苦，仿佛家人。

我在采访中，听说他们彼此都住得很近，可以相互照应。有的甚至就是同出一道门，住同一个院落。

我听说有一个场上的人家，找到了一座稍大的院子，于是几户人共同居住。这座院子后来被我还原，长久地留在了采访笔记本上：四四方方的一座开阔的院子，堂屋是5间，西屋是3间，东屋是3间，还有前屋2间。在最初分配房屋的时候，人口多的两三间，人少的就一间，没有多余的给锅屋，大家在院子或者墙角置了几个地锅。他们在这座院子里生活，相互扶持。谁不想生火做饭，便不要生火做饭，就过来同吃一顿，将就一餐。

那些年在宅子上种宅滩的那些人是特别的，和骆马湖人民公社的其他社员不一样，他们属于少数。城上、书院场、陆圩三个场的人口加起来也不过是骆马湖公社7个大队、31个队中的一个队，4000多人中的一两百。他们相对安定一些，不必出没风波里，不必去乘风破浪。他们的祖辈只会种地，自己的双手也早已习惯了锄头和镰刀。他们更懂得时令节气，更懂得与土地打交道。

他们把从祖辈那里延续下来的生活，再次还给这片土地。他们的耕作，是这块土地上最后的农耕图景。

倘若说 1958 年 7 月的大移民,是骆马湖两百年农耕生活的终止音,那这一小部分人的劳作就是萦绕在耳的余音。

再 迁

这段农耕余响最终消隐的时间指向了 1974 年。

1974 年 8 月 12 日,由于受台风倒槽和冷空气影响,沂沭河流域发生了特大暴雨。骆马湖水位节节拔高,到 8 月 16 日,水位已经达到 25.47 米。此为骆马湖有洪水记录以来历史最高值。一时间,全县上下移民庄非移民庄的视线聚焦在骆马湖。

据《宿迁水利志》记载:此时骆马湖东嶂山闸已放闸排洪,最大泄量达 5760 立方米每秒,西南皂河闸管理所附近已经被漫决 50 米,造成皂河闸管理所和小船闸被水冲毁,全县参加防汛民工已经达到 11 万。

湖里的宅子已经完全被淹没。所有在宅子上种宅滩地的人,早已全部迁至曹甸堰顶。

宿迁地势西高东低,骆马湖处在高位,是悬在宿迁头顶的一盆水。此时,曹甸堰顶便是这只盆的盆沿。

堰顶上的人越聚越多,水位依然在涨,全县屏住了呼吸。皂河闸的缺口已经堵住。曹甸要挺住了,湖西几万人的生命危机便会自行消解。

已经到了最危急的时刻,眼见着"盆里"水面已经西斜,已经贴着盆口。就在千钧一发,一根稻草快压弯桥梁之际,水却悄悄地退了,一点一点退,直至肉眼可见地退去……

经此一难,虽有惊无险,但湖里宅子已经不再适宜人居,最好在湖边安家的想法已经深入人心。

于是原本在陆圩、城上、书院场等庄上种宅滩地的人,被再一次重新安置在曹甸大堤以北,原属沂沭泗地界,编制为张圩1组。这一次,我从保安永胜出发所抵达的张圩,便是这里。它现在属于皂河三湾。

附录（采访录音摘录）：

声 音

我家原住在鲍场，我是鲍场人。1958年，我们鲍场人都搬到黄墩魏场去了，我家也去了。没过几天，过不惯，就跑回来了，依旧靠着骆马湖过。我们鲍场宅子高，现在也还能看到宅疙瘩。我天天在湖里转，除了我们鲍场，朱集子、徐场、城上，还有陆圩子都还能看到。陆圩子，现在还有10亩地这样大小。

——李尧凤，80岁，皂河闸坝

我是宋马路人，搬家的时候，12岁。回来的时候，已经快20了。我们宋马路人和我一起回来的一共6户人家吧，有姓李的2家、姓张的2家，还有姓曹的1家和俺家，现在都在三湾1组。我们到骆马湖逮鱼为生，后来又搬了几回家。你看，从这边向东南，约3里路远，隐隐约约地还能看到一条条河堰，那就是老骆马湖大堤，从尚营搬回来的时候我们就住在那里。这边是新大堤，搬到这边的时候，已是1974年，我都快30岁了。

——刘宝强，76岁，皂河三湾

我原是武甸子人，老家人都搬去新农了，包括我的家属也去新农两年多。我没去，我会逮鱼，整天在湖里驶船逮鱼。后来，成立水上公社，马玉田带我们新农120口人、20条船过来，张俊迎带他们保安几十口人过来，再加上他们张圩老队没有走的一批人和张承章带来的一批人，就成了新张圩大队。当时，新张圩大队有300来户人家吧，一共3个小队。1队，就是从运东保安过来的，2队是人家老张圩人，3队就是我们从新农搬过来的。

——李德华，93 岁，皂河张圩

我是城上人，我们城上也是从杨河滩上船，坐到湖里城上的。刚住下的时候就在城上，后来我搬到陆圩去住了，在陆圩子盖了房子。1965 年，我们回老家，城上是 1 个队抽两户，4 个队就是 8 户人家。

——马麒伦，77 岁，皂河张圩

先前是有一年骆马湖水耗下去，各个地方都有人来种地。后来又发大水，地种不了了，又回去了。我们是第二批，跟他们不一样，成立水上公社的时候，才过来的，时间相隔两三年。前一次带队的是丁燕彪，后一次是张俊迎。

——丁落彩，75 岁，皂河张圩

我是三场人，1965 年成立水上公社，入戴场大队，做了渔民户。来的时候，这边也还有一些留守人员。老戴场人大都迁新庄去了，留下部分老人收拾收拾老宅，不使其荒废而已。我们来了之后，就和我们一起归了水上公社，成为戴场大队。我们来之前，1962 年前后，也有一批人过来，只待一两年，就回去了；那时候叫什么筑圩种麦的，新庄子过来的，圩子当时还能看到，围成一圈，圩子两米高，长有大几里路长，在岸边的浅滩上。后来，骆马湖涨水，圩子又被淹到水下，有一年水耗下去，还能看到大致的模样，不过，已经淤得差不多了。

——金振华，73 岁，湖滨戴场

我是陆圩人，搬来的时候才十几岁。我们陆圩带队的是王家有。

——沈永远，75 岁，皂河张圩

搬家来的时候，俺哥、嫂、奶奶、爸爸在这边，我和妈妈、两个妹妹在那边……从耿陈回来的那天晚上，我还记得吃了什么，是胡萝卜。我奶奶说，黄盆顶锅盖，就算团圆饭。

——李树之，74 岁，湖滨洋河滩

老杨河滩（1958 年以后，改称洋河滩），属于陆河。像我这样回来的，是少数。回来，心情好啊。我先搬去耿陈，在耿陈住了不少时间。1965 年成立水上公社，才回来。这边老宅子上还有家，不是现在住的地方啊。老宅子在西边，离这里还有几里路。现在的宅子是后来给垫的。

——袁顺之，87 岁，湖滨洋河滩

这边还有 8 口人，没搬去来龙耿陈，但学校得到那边去念。每个星期六，我就挎着包回来，拿煎饼，星期天再回去。一张一张煎饼，今天吃多少，明天吃多少，都是算好的，够一个星期。星期六晚上才放学。跑着跑着天就黑了，越跑越黑，要 4 个小时。饿了就掏煎饼吃，纱布包着。

——袁恒之，83 岁，湖滨洋河滩

月堤大队，有大船 4 条，几十口人，我是队长。那时候，人的思想觉悟高，拉了那么多鱼，也没有人拿一条回来吃的。在湖上，吃给吃，但就是一条不能带回家。在后来，有 60 码船的时候，开始拉小银鱼，一天能拉 1000 斤。公家统一收购，4 毛钱一斤。月堤，早拆迁了，原来就在自来水厂那里。

——潘启法，84 岁，双庄九龙

我祖上是龙岗，1958年搬到运河南岸。后来，1965年成立骆马湖水上公社了，我父亲又迁回北岸，加入三里大队，成为渔民户。我是在这边新庄生的，所以名字里占了一个"新"字。这里是一个新庄。

——王新庄，65岁，皂河三里

我是老渔民户，老三里人，祖上三代都是渔民。渔民在船上搭一个棚子，就是生活。骆马湖公社一成立的时候，就组织渔民，我家就在此落户了。

——史友朋，82岁，皂河三里

我是龙岗人，祖祖辈辈逮鱼。没搬家之前，就逮鱼，那时候主要在大运河里逮，靠北岸。后来搬家，还是逮鱼，把船靠在南岸。我们搬家就是从运河北岸搬到运河南岸。骆马湖没蓄水之前，是旱地，没有办法逮鱼；后来蓄水了，招渔民户，就又搬回来，把船开到运河北岸。龙岗那一次来的一共8户人家，姓张的多，有5户，张继楼、张继桥、张继录、张继美、张玉林。我们姓王的就3户，王光胜、王光先、王光德。

——王光胜，81岁，皂河三里

我是老和场人，湖里的，家里搬到民主去了……我们老和场……老联五场……有季福康场……陆场……姚场……马场……（备注：老人家年事已高，小脑萎缩，讲话断断续续，记忆力严重衰退，说话亦吃力，但依然在很努力地介绍自己的家乡）

——徐迎英，91岁，皂河张圩

后　记

　　我的书桌上方，贴了一张 1957 年的骆马湖地图。它陪了我三年，30 岁之后的三年，现在可以把它取下来了。

　　真的写完了吗？

　　没有。

　　是 33 岁的我只能写到这里。

　　我的采访笔记还只用到百分之六十。那么多的好故事没有办法被写出来，它们看上去含苞待放，其实还需要时间玉成，和我一起成长。我不知道它们会在我人生中的哪一年瓜熟蒂落。

　　我是一个愚钝的人，习惯了用吃苦和下力气来写我的作品。我 30 岁之前唯一像样的作品《2018：新盛街笔记》，也用了三年的时间。

　　那三年，我像鬼魂一样月月游荡在老城的新盛街片区。我出入每一栋将拆未拆、没有主人的房屋，采访每一位将要走的搬迁户。我开始记笔记，开始购置录音笔，开始学会在反复的采访和忙碌中写作。

　　采访和忙碌，让我心安。

骆马湖移民的写作也是如此。

同样的三年,同样的忙碌与采访,只不过这一次我从城里跑到了城外。前三年是跑遍了老城,这三年是跑遍整个宿迁乡镇。

东到来龙玉皇,西到黄墩尚营,南到罗圩武圩,北到湖滨戴场。三年里,我陆陆续续进行了104次的移民采访,采访了近500位老人,录音时长超700小时。

每次采访都是马不停蹄,每一次都很焦急。我没有完整连续的时间,只有周末两天,或许一天,再或半天,还要上班。

来龙玉皇距我的住处53公里,车程59分钟;黄墩尚营是34公里,车程44分钟;戴场是45公里,车程1个小时3分;武圩是23公里,车程35分钟。余者,官道民路,穿村过庄,不可胜计。同一条路我要反复走,同一个村庄要反复进,同一个人也要反复访问。

三年来,各个移民庄都知道我,一个背着蓝色耐克背包,手捧一册《1958:骆马湖移民采访录》的小伙子。他接过老人递的水杯、枣子或者刚摘的西红柿、黄瓜。他在人家的屋檐下久坐久问,跟着一位又一位老人走过一条又一条巷道。

三年来,我遇到了很多好心人,他们的善良和恩惠,我一直铭记在心。他们带着我,骑着电动车、三轮车、摩托车和我一起去寻访那些亲历者。时间已经过去60多年,大部分的亲历者已经故去。那一辈人已经走了,村庄交到了年轻一辈人的手里。

这些亲历者中70岁以内的,当时尚小,记忆模糊。70岁到80岁之间的,当时十几岁,有记忆,但细节、原委也无法说出。他们有的正在读书,两耳不闻窗外事。只有80岁到90岁之间的老人是最佳的采访对象,但他们现在已经隐藏在村庄的角落里,或被经年的疾病所困扰,或因丧偶独居而大门紧闭。寻找他们是一个很花时间的过程。最终,我找了他们,来到他们面前,但他们又被脑梗、小脑萎缩等疾病拦住，其中的半数人已经无力回忆。有的甚至已经忘记了自己身在何处，他的记忆被时间抽走，大脑一片空白……

采访只是庞大工程的一小步，最烦琐的是把采访录音整理成文字。

一个小时的采访录音得用两到三个小时去整理。有时，老人乡音过重，还要反复地听。有些信息彼此有出入，又必须再多方求证。等这一切结束，才是打印阅读，酝酿写作。

可是，写作本身是另一场马拉松。

如果说采访和整理采访录音是两场马拉松，写作是我在跑完两场马拉松之后的第三场。

这本书现在的模样，跟我最初的预想完全不一样。

我想过用时间线，把几个重要的时间点拎出来，比如1958年2月26日、1958年6月6日、1958年7月16日等。每一个时间点列一章节，围绕着时间前后发生的事情写，也就是第二章的加长版了。

我也想过用采访的时间线写，比如2019、2020、2021，用采访时的所见所闻填充章节，就像本书第四章、第五章那样。

我还想过用一个个移民庄作章节，想过用周同宾先生《皇天后土》的体例，用阿列克谢耶维奇的方式，让采访对象自己说话，就像每个章节的附录部分那样。

我预想过她很多的模样，有的被否决，有的被部分否决，具体写的时候，又在变……

最初的阶段，我发现自己左右不了她。每一章节写完之后，我都会停好长时间，重新看采访笔记，听采访录音，看材料，因而，我不知道她会变成什么样子。

只有一个声音很强烈，我想让录音机里的声音在纸上说话。

所以，无论她最后怎么样，我知道她的每个章节一定要有声音，采访的声音。没有声音，我的采访就没意义，没有声音，写下来的文字也没意义。现在呈现出来的每一个章节的正文和附录里的声音是互文的关系。声音弥补了文字的不足。

那是一个个真实的人的声音。

我又告诫自己不能模仿。每本书应该有每本书的样子，就像每个人应该有每个人的面孔。我可以把骆马湖写成《锌皮娃娃兵》的样子，它是我最初的想法，也动笔写了万把字。采访到了太多动人的故事，它们左右了我、挟持着我，我要述而不作，就像本书第一章节里提到的那样，这是我的真实想法。我读了阿列克谢耶维奇所有的中译版图书，知道自己不能这样写。那样的风格、面目只属于阿列克谢耶维奇，那是属于她的写作。我不要把自己的作品写成阿列克谢耶维奇，尽管我很欣赏她。

如果没阅读过阿列克谢耶维奇的作品，我一定就这么写了——给每一个故事添一个标题，原封不动地写下来，不必换掉一些生僻和拗口的方言。它们是如此让我着迷，它们的表达是如此准确。

但，我不能。

有一段时间，我甚至想拍纪录片，在这个用手机记录时代的时代，一部手机架起来，把录像机调到录像状态，面对世界，面对写作……

可是，她终究未成为那些想象中的模样，她成了她自己。

第一章是出发，2019年5月，我开始了对骆马湖移民的采访。我在村中奔走、访问，从分散的受访者口中，还原了骆马湖未搬迁前的模样，回答了为什么要迁移等问题。接着，回到1958年（第二章），回到迁移的第一站杨河滩（第三章），回到迁移的第二站安置地（第四章、第五章），还有属于部分移民的第三站疏散地，再迁地（第六章、第七章），按时间进程，也按移民迁移的路线。

　　我原本想写一群为宿迁发展做出巨大贡献的牺牲者、奉献者、拓荒者。可当我踏上他们的移民之路后，更想还原一群迁移者的形象，一群不停迁移、在路上的人群。

　　他们有为宿迁的发展而迁移，也有为自己的生存而迁移。他们先是迁移者，然后才是牺牲者、奉献者、拓荒者。在有限的篇幅里，我只能先解决最重要的、最接近实质的问题。这群迁移者，已经苍老、凋零。时间最终会把他们迁移到另一个世界。活下来的，已经难敌时间的攻击。我不要写牺牲者、奉献者、拓荒者，或者什么，这个让他们自己说。我只能做客观描述，不能去定义。

　　2021年7月，在鲁迅文学院学习期间，我把骆马湖移民的写作也带到了北京。有一天，我和我的邻居朱强（我住A202房间，他住A203房间）顺着鲁院后面的小河一路东去，走在陌生的道路上，经过陌生的人群，欣赏不一样的景致。一路上，我俩聊了我们熟悉的散文作者于坚、江子、傅菲、祝勇、刘亮程、熊育群、蒋蓝、韩少功……还有因为南京疫情没来给我们上课的周晓枫。我们一路走，一路聊，在陌生的北京，身边的一切都跟我们无关了……后来，都累了，他忽然说去看故宫吧。故宫是我们熟悉的，当然这种熟悉也只停留在书本上。于是手机导航，坐地铁，换乘地铁，再换，步行。到了地方，景点已经关门，只好登故宫后面的煤山。在煤山上，远眺故宫，今之视古，有古可看，是我们之幸……

　　就在那天晚上，我在鲁院A202室写下了骆马湖的第一章，开始了我的第三场马拉松。我要努力为我的故乡写一本后之视今、有今可看的骆马湖。